浙江省社会科学界联合会社科普及课题研究成果
宁波城市职业技术学院大学生科技创新资助项目

U0749466

# 黄避岙乡土文化拾遗

HUANGBI'AO XIANGTU WENHUA SHIYI

蒋逸民　张建庆　主编

浙江工商大学出版社 | 杭州
ZHEJIANG GONGSHANG UNIVERSITY PRESS

**图书在版编目(CIP)数据**

黄避岙乡土文化拾遗 / 蒋逸民，张建庆主编. — 杭
州：浙江工商大学出版社，2021.1
　　ISBN 978-7-5178-4149-4

　　Ⅰ. ①黄… Ⅱ. ①蒋… ②张… Ⅲ. ①民间故事—作
品集—象山县 Ⅳ. ①I277.3

中国版本图书馆 CIP 数据核字(2020)第 206028 号

## 黄避岙乡土文化拾遗
HUANGBI'AO XIANGTU WENHUA SHIYI

主　编　蒋逸民　张建庆
副主编　张明俊　俞　勇

| 责任编辑 | 张晶晶 |
|---|---|
| 封面设计 | 林朦朦 |
| 责任印制 | 包建辉 |
| 出版发行 | 浙江工商大学出版社 |
| | （杭州市教工路198号　邮政编码310012） |
| | （E-mail:zjgsupress@163.com） |
| | （网址:http://www.zjgsupress.com） |
| | 电话:0571-88904980,88831806(传真) |
| 排　　版 | 杭州朝曦图文设计有限公司 |
| 印　　刷 | 杭州高腾印务有限公司 |
| 开　　本 | 880mm×1230mm　1/32 |
| 印　　张 | 10.25 |
| 字　　数 | 270千 |
| 版 印 次 | 2021年1月第1版　2021年1月第1次印刷 |
| 书　　号 | ISBN 978-7-5178-4149-4 |
| 定　　价 | 58.00元 |

# 编 委 会

# 序

黄避岙乡位于象山北部,三面环海,象山港大桥穿乡而过。全乡辖16个行政村,陆域面积43.5平方公里,海岸长28.6公里。曾先后获浙江省鲈鱼、黄鱼之乡,省级生态示范乡镇等荣誉。黄避岙人每每向外地朋友介绍黄避岙时,总会谈到美不胜收的斑斓海岸线、仿若桃源的里海荷塘、热闹的心灵谷,还有淳朴的西沪渔港,让你禁不住想起它"北黄金海岸"的美称。游客也会在不经意间,被玻璃栈道上的远眺景观和谢家村壮观的梨花林所震撼。

宁波旅游学院组织的教师和学生,顶着烈日,不畏酷暑,深入乡村田野、林间地头,采集流传于民间的故事和传说,遍览黄避岙的历代地方志、传、宗谱、诗集和调查资料,对其进行整理归纳、增补和修订,为读者和游客呈现了这部《黄避岙乡土文化拾遗》。这不仅是对黄避岙优秀民间文化的保护和传承,更为黄避岙的旅游业,增添了文化底蕴和人文元素。它赋予自然景观以鲜活的灵魂,勾起了人们对人文景点的记忆,使游客不仅能看见黄避岙的山、望见黄避岙的水,还能记住黄避岙的乡愁。

民间故事是以口头传承为主要方式的民间文学类非物质文化遗产,是从远古时代起就在人们口头流传的一种题材广泛的叙事体故事。它以朴实的语言和生活化的象征,讲述着人与人之间的关系,表达着人们美好的愿望。就像所有的优秀创作一样,民间故事从生活本身出发,却并不局限于日常和被认作真实的合理范围,它往往包含超越自然和异于常人的成分。本来,它就是一种易于被百姓接受的口头传承艺术。

然而,在当今市场化思潮的裹挟下,这一文学形式无论是在农村还是在城市,都不同程度地呈现出急剧衰微的趋势,遇到了空前的传承困境。民间故事一旦失传,再想找到过去的模样,实在是难上加难。宁波旅游学院组建的乡土文化挖掘小分队,克服种种困难,勇于探索,在短短的时间里,走访了黄避岙所有的行政村,踏遍了黄避岙的沟沟坎坎,把流散在乡野的零零星星的记忆萤火,小心翼翼地搜集起来,捧在手中,整理成集,可谓用心良苦。这些小故事,或是说人叙事,或是状物述怀,或长或短,或奇或平,形形色色,再现了黄避岙历史上的人与物的脉动痕迹。它使读者悄无声息地畅游在历史的长河中,沐浴在沁人心脾的文化芬芳里。无疑,这是对黄避岙旅游业文化软实力的一次有益的提升。

乡村旅游的发展,离不开文化的滋养、历史的积淀和精神的弘扬。《黄避岙乡土文化拾遗》不单单是民间故事的结集,还搜集了其他一些风格迥异的非物质文化遗产。它们记录着黄避岙这方沃土上生息繁衍的历史,凝结着黄避岙人勤劳无畏的精神;既是历史发展的见证,又是珍贵的、具有重要价值的文化资源。保护和利用好这些非物质文化遗产,对推进文旅融合,开展全域旅游,实现乡村振兴,具有重要意义。

在贯彻党的十九大精神、决胜全面建成小康社会、继续实施“十三五”规划的重要关头,面对宁波“名城名都”建设的历史重任,我们要全力以赴,将宁波的乡村文化进一步发扬光大。希望本书在受到读者欢迎的同时,还能够被活跃在黄避岙景区的导游们重视。本书优美的文字,不但能为游客打开一扇了解景色背后心灵律动的窗户,还能通过导游的美妙声音将黄避岙的文化魅力传扬得更为深远。

宁波文化广电旅游局

# 目　录

## 村名由来

## 传奇轶闻

## 风物故事

# 庙宇传说

# 历史故事

# 风俗习俗

## 拾海风情

## 乡 土 人 物

# 民间文艺

# 宗祠家训

# 民间技艺

# 村名由来

# 龙屿村

嘉靖《宁波府志》载,龙屿古为海湾,因"群山盘踞,孤悬海滨"而得名。又因龙屿南山上有水潭,神龙出没其间,盘踞岛屿之上而得名。说起龙屿,还有个美丽的传说。

在美丽富饶的象山港南岸,有个古老的村庄,名叫龙屿。它三面环山,北连良田海滨,以人杰地灵著称于世。南山上重峦叠翠,汇于一潭,潭面三丈见圆,四周岩壁峥嵘,留有一道天然隘口。

此潭一年四季碧波澄澈,深不见底,潭水味道甘润清冽。就是遇上大旱,此潭也从不干涸,更神奇的是潭水还照样往外溢,涓涓不息。由于地处半山之上,常有云雾缭绕,故该潭被称为云谷潭,后俗称龙潭。

相传明朝洪武三年(1370),大旱,田地泛白开裂,地里的作物枯萎,连河底也长了稗草。面对秋老虎,村民个个急得直哭。

有个族人上山归来,路过云谷潭,遇到一位须发皆白、面色红润,身穿长袍、脚着木屐的老翁。这位老翁向他打招呼说:"村中居民不必惊慌,年成蛮好,今夜有大水来,各自准备去吧。"话音刚落,老翁就不见了。族人甚感惊奇,便把此事告诉村中居民。到了傍晚,只见天上乌云骤聚,雨水滚滚而来。高低田地以及江河里的水都满了。到水稻成熟的时候,果然不出老翁所料,是个丰收年成。族长召集男女老幼,抬着礼物上云谷潭祭拜,并把此事告知上司。从此以后,凡遇干旱,远近百姓和县官老爷都要来云谷潭祈雨,还都说十分灵验。

讲述:张明俊

记录:魏琳琳 严佳靓

# 白屿村

　　白屿村拥有千年历史。据记载，白屿庙始建于后晋。1949年，东首小屋倒塌。1997年因校舍扩建进行迁建，从海滩边原址向上迁移约一百五十米。迁建后的庙宇更高大，占地面积六百六十平方米，建筑面积二百五十平方米。庙宇正中供奉当境菩萨、当境娘娘，东首供奉龙

王、镇武大帝，西首供奉土地婆婆、土地公公，东厢供奉文判官、文财神、罗伞将军，西厢供奉武判官、武财神、马童将军。白屿村由三个自然村组成：白屿、黄夹岙、马滩。据传，楼姓先民先在此定居，后晋年间（936—947），邱氏始祖汉卿，字彦枢，官居兵部尚书，在"郭威之乱"时自福建延平沙县梯山航海而来。传说"白屿村"这一名称源于第一位来到

白屿的人。早先白屿村周围是一片汪洋大海,那天这个人骑着白马走在沙滩上,由于沙滩滩涂居多,白马不慎陷入泥涂,他十分着急,想尽各种办法想救白马出来,但因势单力薄,白马最终还是死于泥涂。因为此人对这匹白马有着特殊的情感,十分不舍,于是决定跟白马的尸体一起留在这座岛屿上,并将此地命名为"白屿村"。

拍摄:魏琳琳

讲述:姚志全

记录:严佳靓

# 大斜桥村

　　大斜桥村于1955年筹备建设,1956年在村民的共同努力下成立初级合作社。为规范村庄建设,大斜桥村须刻公章,可村庄该如何命名成了当时的一大难题。村干部们经过商讨决定与村民共同商议。村里要刻公章,村民们知道这意味着自己的"家"终于要有大名啦!大家都十分激动,正当大家思来想去之时,村里庆福庵门口的一座桥吸引了乡亲们的目光。该桥年久失修,加之被大水冲击,桥面倾斜,并有些许破损,但这座横卧在庆福庵门前的有着悠久历史的大斜桥见证了整个村庄的兴衰,目睹了祖辈的迁入。于是,经过商讨,大家决定以这座倾斜的大桥为名,取大斜桥为村名。此后,"大斜桥村"便沿用至今。

记录:徐珍妮　卿　文

# 横里村

横里村位于黄避岙乡西北部、象山港南岸,是一个滨海农渔村。沈氏是横里村的主姓,全村十二姓,二百一十户,其中沈氏一百四十八户。沈氏在当地留有很多传奇而感人的故事。

据谱载,清乾隆年间,玉环小麦屿沈国鹏有六子,一日看相先生给他忠告:若要兴旺平安,须有一子外流。当时沈家六子多数已成家立业,外流他乡意味着生死难料,诸兄弟面面相觑。老大敦厚胆小,从未出过远门;老二允谟性格外向,为人仗义,自愿外闯,遂携妻儿,以及妻舅陈氏、妹夫颜氏三家四十多人乘船迁居岳井洋西岸马岙村。

相传在某一天,沈家一头水牛突然失踪,有人说它往北跑了。沈氏一路追踪,翻山越岭打听,一直寻到几十公里外的象山港畔,找见那牛时,它正在一座小岛上悠闲地吃草。该山形似哑铃,长约五百米,中间低矮山湾凹进,高墩平坦,东西两头山峰略高,馒头状,像人肩背着两只布袋。再观山前,滩涂广阔,虾蟹乱蹦,周边少有人居住,是块物产丰饶的风水宝地,于是沈氏等人再次迁徙,定居于这座荒岛南麓的山湾里。

因该岛之山东西横列,故名横里村,先人还在小岛东侧山麓建造了一座穿鼻庙,祈望拴住神牛,福佑子孙。沈家夫妇从玉环带来日星、日富两子,在横里又生日高、日进、日恭三子,后老大、老二分迁上龙屿,留

村的三子中,老五日恭育有元规、元益、元法、元柯四子,称为新四房。沈家子孙繁衍不息,兴旺发达,现老五房后裔占全村沈氏居民的百分之八十。沈氏辈分排序为国、允、日、元、子、时、凤、祥、兴、贤、光、祖、德……在横里村已传十二代。

资料提供:沈旺武

# 横塘村

在黄避岙,横塘是一个占地约一千六百三十二亩的小村庄,这里物产丰饶,人丁兴旺,人才辈出。然而人们却不知道,在清代乾隆二十七年(1762),如今脚下的这片土地,还是一片汪洋。今天的横塘景象,完全是勤劳坚毅的村民肩挑背扛、围海筑塘,向大海一步步夺田而来的。"横塘村"这一村名,也正是由此得来。

横塘的"塘"是用堤坝拦海而来的,因此,堤坝也就被称作塘坝。拦海的塘坝,先后共修建了四道,后连接成为现在的横塘村主体。记忆中的旧时塘坝,似乎仍然历历在目:首道位于村落最里面的山脚处,第二道位于距离首道约三百米处,第三道塘坝大致位于现平水庙处,尾道塘坝则位于现横塘村末处。

新一代横塘人对这四道塘坝了解得并不多。但对于老人们而言,这些塘坝承载了他们太多的酸甜苦辣!这块土地的存在,象征着在那段艰苦的岁月里,横塘人不畏艰险、乐观积极、坚持不懈的精神。

当时围海造塘根本没有什么机械设备,筑塘石材全都是用船载运到海边的。在那个缺乏设备的年代,那些筑坝人仰仗的是代代相传的"抛石法"。可以想见,当年有多少筑坝人身负重石,举步维艰地蹒跚在运送石材的小路上,他们将石材拉到海边,再搬运上船,然后将两三百斤重的大石块一块一块地

抛进海里,以此为海塘的地基。抛石时,每天只有两次机会,即在每次海潮上涨的时候。万一出现什么不可抗因素,错过了机会,得等到第二天才可以继续进行。在这气象万千的东海海岸,恶劣的天气打断工程施工实乃平常事。筑坝人就是这样一点一点艰辛地用石头将海水围了起来。人工打造出了一片片海塘后,塘边逐渐形成了陆地,而被围的海域与岸基的地势,则越来越陡峭,以至形成了周边可以建造深水码头的水域。

拍摄:魏琳琳

记录:魏琳琳　严佳靓

# 黄避岙村

　　金兵大举南侵,康王赵构乘船南逃。至乱礁洋,为避追兵,只身弃船,登陆毛湾,翻身上马,拣择荒径,扬鞭赶程,经着衣亭不敢停留。又慌忙催马翻越山岭,蓦然被西沪港挡住去路,于是直转马头任凭马儿向北驰去。

　　慌乱中闯入晒谷场,此时康王已是精疲力竭,想喘口气,探听消息时欲向晒谷女子请教,不料金兵误追误撞,竟抄近路从西山岭呐喊而来。女子见此情景,立即明白了眼前的情况,急中生智,操起挑谷杠一击战马后臀,那马似懂人意扬蹄向南腾去。女子立即请惊呆在一旁的康王缩肩屈腿席地而坐,顺手提起一只空箩罩住康王,撩起围腰巾盖上,然后镇静坐下去,捏起长晾竿"嗬嘘、嗬嘘"装模作样地驱赶来吃谷的麻雀。一转眼金兵已气势汹汹地冲到眼前,吓问道:"小女子,可有一个白面小将路过?"女子伸手一指道:"刚才有个骑马的向南跑去了。"金兵看四处无人影,便信以为真,向南追去。待金兵去远,女子掀开箩客气道:"你受委屈了。"不料康王浓眉倒竖,怒道:"救命之恩当图报,女子坐于君子头上,该当何罪?"哪知女子"咯咯咯……"笑了起来,不慌不忙地答道:"一箩之隔,好比楼上楼下,请将军不必见怪。"悦耳的声音传入康王耳畔,康王定睛一看,才知救命恩人还是位亭亭玉立的少女,妩媚动人,年方十七八岁,顿生爱慕之心。康王一边忙不迭地道歉叩谢,一边

在腰间不停地摸索着什么，然后叹了口气懊丧道："身上已无信物，这如何是好……"忽然发现姑娘腰间的围腰巾，大喜道："待赶走金兵，三年后接你进宫，共享荣华富贵，以姑娘你腰间的围腰巾扯于晾竿上，立于稻地为标记，切记。"姑娘心中明白几分，来不及过多思考，就引康王北渡象山港脱险。

后来赵构在临安登基，做了皇帝，思念起救命恩人，佳期已近，便派亲信大臣迎接她进宫受封。大臣好不容易寻找到象山港南岸的海湾山村，可是一进村就傻了眼，只见此村许多家的稻地上都有晾竿扯着围腰巾，迎风飘扬。原来姑娘不想抛下父母兄弟一人享福，便把搭救康王之事一五一十地禀告了父母，父母又将此事传开，待康王迎娶之日，凡有未婚女子之家都用晾竿扯起围腰巾。大臣分辨了三天三夜，也弄不清哪个是真，只好将迎娶皇妃的花轿和凤冠霞帔暂寄此村，并叫两个兵看守，自己回京复命。高宗见找不到救命恩人，为感谢搭救之恩，便下了一道圣旨："凡浙江女子，晋封为皇妃。"女子出嫁时，皆凤冠霞帔，坐八人抬的花轿。该村因此被称作王避岙。

到清朝，为何又将"王避岙"写成"黄避岙"呢？相传此地有人曾见一块残碑，上面篆有"秦时黄石公避迹"等字。由于黄石公比康王路此避难早了许多年，于是读书人便把"王"写作了"黄"。而山里人不讲究这些，反正同音，这样叫着也就习惯了。

*摘自《甬上风物·黄避岙乡》*

# 塔头旺村

从前,西沪港北岸居住着母子两人,儿子耕种田地,也下小海抓鱼捉虾,母亲操劳家务,子孝母慈,日子过得充实自在。一天,母子俩撑小船去墙头亲眷家,船到港中,忽听到"扑通"一声,船上跳进一条鲻鱼,母子自是惊喜,但见鱼儿双眼盯着儿子流泪,他们顿生怜悯,遂将送上门的鱼儿放生港中。

半月后的一个黄昏,一妙龄女子衣衫褴褛地前来借宿,说是家遭不测,投亲路过。母子心生同情,热情接待了这个女子。一宿无言。次日早上起来,母子准备送女子上路。女子却说:"我不知亲眷在哪里,可否借住几天打探打探?"于是女子住了下来。女子手脚十分勤快,帮母亲烧菜做饭,洗衣打杂,空闲时与母亲在一起聊家常。日久生情,母亲也舍不得她离去。考虑到儿子已长大成人,正是婚配的年龄,这一对年轻人又极为恩爱,母亲像是吃了蜜糖一般喜在心里,准备让他们择日成婚。

一日,天色骤变,狂风暴虐。原来女子就是儿子放生后修炼成精的鲻鱼,不惧违反天规前来报恩。龟丞相奉旨前来捉其归案,鲻鱼精心意已决,坚决不从,与龟丞相大战起来。龟丞相一怒之下,抛出镇妖塔将其罩住,鲻鱼精仍在塔里反抗挣扎,龟丞相见塔身摇晃,掏出符咒押于塔顶。

后来,港口来往船只远观镇妖塔,只见塔顶黄光闪闪,因此该塔所在之地得名塔头黄。现塔址仍存,并传承了"鲻鱼跳入船里放生"的民俗。后取"兴旺发达"之意,改称塔头旺。

搜集整理:张明俊

# 驿角岙村

　　相传西沪港北岸有个美丽富饶的村庄,土地肥沃,庄稼茂盛,鸡犬相闻,村民生活祥和安康。一日,忽有村民地里的庄稼遭噬食,半月,全村地里的庄稼尽数被毁。稻谷将熟,又被一食而光,全村绝收。村人发现有庞然大物出没,却无可奈何。于是搭祭台拜天求神。天庭追查后,发现是野猪精所为,遂派神兽驿来捉拿。某夜狂风大作,雷鸣电闪,山崩地裂,驿将野猪精逼入山谷杀之。此后,村人复得安居乐业。还常能看到形如马、头长两角的神兽驿出没山间,守村护民。此村因此得名驿角岙。

搜集整理:邢许成　张明俊

# 鸭屿村

鸭屿村前有一座小山,形状十分奇特,像极了一只鸭子昂首挺胸地坐在村口的海岸边,鸭头埋在水中,鸭翅伸展在两边。据村民李吉兴和张心荣讲述,早年间在鸭尾处有上千个类似鸭蛋的石头。关于鸭蛋的传说也是扑朔迷离。据研究,此石鸭蛋的构造与鸭蛋极其相似,石鸭蛋内分三层,第一层是淡黄色,第二层是棕色,第三层是深灰色,甚至还能像鸭蛋一样用手拨开三层。由于石鸭蛋的特殊材质,墙头镇的一家耐火材料厂曾对鸭山进行过石料开采,把大小石鸭蛋现场粉碎后运到工厂做耐火原料。

村民们对此也感到好奇,于是都带着锄头上山去挖石鸭蛋变卖,导

致目前石鸭蛋所剩无几,村民们这才想办法将其保护起来不让外人随意进村。鸭屿村从前是一片岛屿,正因为这座山造型像鸭,村民们便把它命名为鸭山,坐落在鸭山周围的村落便命名为鸭屿村。

相传唐初象山第一位诗人孔候就是在鸭屿村东的童翁浦创作了第一首诗。鸭屿村位于龙屿东南约八公里处,东南面与山夹岙村相连,西与塔头旺村为邻,南临西沪港,北靠安基山。辖鸭屿、黄泥坎两个自然村。村址东接相见岭,南临西沪港海涂,西边是象山港大桥,北面是安基山。村民以张姓为主。传说应姓先民最早在此居住。应家水库即因应家人围筑而得名。现在,村里已无应姓村民。张、杨二姓最多。张姓从宁波西门外张家潭迁来,共 138 人;杨姓从宁波斗门桥迁来,共81 人。

拍摄:魏琳琳

讲述:张心荣　李吉兴

记录:魏琳琳　严佳靓

# 周家村

自有居民迁入,周家村便以姓为名。因散居、居民少等,民国时,周家村方圆地块以海塘为名,如谢家湖头、周家湖头,另外还有大斜桥等村庄。中华人民共和国成立以后,周家村与兵营村等自然村为一个生产队。20世纪60年代,周家村成为行政村。

拍摄:胡倩洁

摘自:《甬上风物·黄避岙乡》

# 传奇轶闻

# 金棺材

## ——谢氏发迹话传奇

　　相传谢氏先祖以讨小海为生。"讨小海"这个词语来源于"种田讨海"这种经营生产模式。大家都知道,海边会有非常多的滩涂。滩涂上就生存着非常多的"小海"。像跳跳鱼、望潮等都是在这种滩涂上抓到的。讨小海,一个"讨"字,流露出赶海人在大自然面前的卑微姿态和虔诚敬畏,更重要的是,一个"讨"字,传递了赶海人对大自然馈赠的满足和感恩。赶海人感谢生活的眷爱,感恩自然的馈赠!

　　一天,有位族人半夜出门收网,走到村西北布谷尖嘴时,忽见一群陌生人从船上抬下一具棺材,他们走向前面的圆山岛礁,盖上茅草,暂寄棺材。但回船时,众人说说笑笑,没有平常送丧悲伤的样子。外船开走后,谢氏怀疑好奇,趋前探究,打开棺盖,只见里面满是银子番饼,估摸是海盗抢劫的暂藏品。

　　于是谢氏悄悄带回埋藏,对人谎称讨小海辛苦,不如外出讨饭。后来海盗发现棺材已空,四处打探毫无线索,不久海盗内部起疑火拼。之后,这件事情逐渐被人遗忘。三年后谢氏闯荡回乡,说是做生意发了财,于是买山置田,建造房屋,该房谢氏遂兴旺发达。

资料来源:谢家村文化长廊

记录:胡倩洁

# 县令智判老虎山

　　相传康熙年间,白屿村有一位美若天仙的姑娘,名唤邱梦雨,村里很多小伙子都对她心生爱慕。有一天梦雨的母亲得了风寒,卧床不起,梦雨心疼母亲,决定冒着大雨上山为母亲采药治病。

　　电闪雷鸣,梦雨拖着娇弱的身体,撑着伞,背着竹篓,艰难地爬到了半山腰,早已疲惫不堪的梦雨不得不停下稍作休息。梦雨找到了一个躲雨的山洞,打算等雨小一些再继续采药。但此时的梦雨已精疲力竭,不知不觉地睡了过去。没过多久梦雨听到响声,便努力睁眼,只见脚边有一条细长的蛇,没等梦雨反应过来,蛇便向梦雨发起攻击,梦雨努力挣扎,但疲惫的身体已无力逃跑,最终被蛇咬到了脚踝。此时,梦雨在迷迷糊糊中,看到一束亮光,但她已无力睁眼,最终昏睡过去。

等梦雨醒来已是第二天清晨,一睁眼便看到身旁睡着的陈商岩,她内心惶恐不安,惊叫一声,想要匆忙逃跑。这时陈商岩惊醒,欲安抚梦雨,梦雨不慎摔倒,陈商岩便上前搀扶并表明自己的身份,说自己并无恶意。知道真相后的梦雨对他心生爱慕,为了对陈商岩表示感谢,便邀请他到家中喝茶。到了家里,梦雨为陈商岩泡了杯茶后,便立刻开始为母亲熬制草药,陈商岩觉得梦雨十分孝顺,便对她心生好感。此后两人相识,每月中旬陈商岩便邀请梦雨一同赏花看景,不久后两人便互生情愫,决定告知父母。没过多久,陈商岩的父母便找媒人上门提亲,两人结为夫妇。梦雨的父母决定将屋后的一座山作为嫁妆送给女儿,此山形似老虎,故名老虎山,由于当时的年代没有像当下一样有土地证、房产证类似的证明材料,只能口述。后经代代相传,白屿村村民认为老虎山在自己村的地界内不应属于横塘村,便开始在老虎山上种植农作物,不久后传到横塘村村民的耳朵里。横塘村村民认为老虎山虽然地处白屿,但早已作为嫁妆陪嫁,应属横塘村,于是将山上的农作物尽数破坏。白屿村村民得知后便去横塘村理论,两村争执不下,遂到县衙请县令做主,请县令老爷来判定老虎山究竟属于哪个村。当时两村各执一词,县老爷一头雾水,在师爷的提醒下提出了这样一个问题:"你们都说这老虎山是自己村的,那你们谁能说出这老虎的头是朝上还是朝下。"当时堂上无人回应,因为平时上山打柴狩猎,从来没有人关注过老虎山的老虎头究竟是朝上还是朝下,过了良久,一位来自横塘村的村民站了出来,大声喊了一声:"这老虎山头是朝下的!"后县老爷派人查验,得知这老虎山头确实朝下,而白屿村无一人知晓,于是县老爷最后将老虎山判给了横塘村。

记录:魏琳琳　严佳靓

# 白屿遭海盗

　　1930 年至 1948 年间,白屿村因居住在沿海地带,常遭海盗洗劫。据白屿村村民姚志全回忆,他幼时家产约有十几亩土地,在当时还算生活富裕,于是被海盗盯上。当时海盗驶着帆船,背上扛着枪,大概有七八人,有的蒙着一只眼,有的脸上有刀疤,他们凶神恶煞地从码头下来,直奔姚志全家中,肆无忌惮地抢夺鸡鸭、大米等物资,并抓走了姚志全的父亲作为人质,要求以财赎人。姚志全回忆其父当时的讲述,姚父被海盗抓走后,被囚禁在床底的一个封闭空间内,持续时间长达半个月,海盗不给姚父吃饭,每天只提供仅供生存的水。据说当时的房子是用石块垒砌而成的,姚父当时被关禁的床底正好位于墙边,于是姚父挖开了几块石块,从石洞中艰难爬出,拖着疲惫的身体逃离了海盗住所。经过这次事件,姚父害怕极了,他心知不能坐以待毙,海盗肯定不会就此罢休,于是去和村民们商量,决定在村口建造一个高台,可以看到远处海面行驶的帆船,并每天安排人员巡逻,以便在海盗下一次来袭时提前预知,从而团结起来做好抵御海盗的准备。

讲述:姚志全

记录:魏琳琳　严佳靓

# 白屿村剿匪

　　"土匪"一词已经有好几十年没有人提过了,就是在白屿村土生土长的三四十岁的中年人,八九成都没有经历过那种艰苦的日子。据村民姚志全先生回忆,他模模糊糊记得,大约是 1949 年下半年,象山曾有一个臭名远播的土匪头子陈惠,带领着五六名土匪,骑着马恶狠狠地攻向这座安静的村子。当时的村民安居乐业,根本没想到会有这场恶战。据姚先生讲述,为首的土匪扛着枪,冲进他的家中,一把揪住他大哥的衣领提了起来,当时姚父姚母吓得不轻,陈惠凭着手中六岁的姚大哥,威胁姚父拿出家中所有的粮食和钱财,姚父心疼儿子,于是拿出了家中仅有的粮食和少许钱财,谁知陈惠不守信用,还是将姚大哥抓走,并要求姚父在一星期内拿六百大洋来赎他的儿子,随后扬长而去。

姚父在短短三天时间内，通过变卖一部分田产，筹集到了六百大洋，想将姚大哥赎回来，没想附近又传来土匪的吼叫，姚父到墙头望了一眼，发现这拨土匪又回来了，姚父吓得赶紧关好门窗，叫家人都聚集起来躲在柴房，当时还年幼的姚志全吓得大哭，姚父连忙捂住他的嘴巴。一家人就这样心惊胆战地度过了一晚，后来经打听，发现其他村民也遭受了这些土匪的欺凌，于是村民们商量着先将姚大哥赎回，再设法将土匪头子陈惠歼灭。

　　在去赎姚大哥前，村民们都拿着锄头、弯刀、竹竿等工具埋伏在寨子口周边。这次陈惠拿了六百大洋后，将姚大哥送到了寨子口。当姚父接到姚大哥的时候，所有村民一拥而上，趁陈惠不备将其制服处死。村民们欢呼雀跃，以为往后的日子会恢复安稳，却不想陈惠还有一同党，名唤邱振来。当邱振来知道自己的兄弟被白屿村村民杀死后，十分恼怒，并发誓要为兄弟报仇。于是带着数十个匪徒来到白屿村，不分青红皂白地烧杀掠夺，村民们又与匪徒展开了激烈搏斗。

　　张家有个从军的小伙子收到父母来信，信里称家中遭土匪祸害，自己家和其他乡邻的房屋被毁严重（据记载，以邱振来为首的土匪烧毁白屿村二十八间房屋，张桂章、张阿兴、张会川等十三户受灾，这片土地被烧到一根草都不剩）。小伙为家中父母感到担忧，于是向上司告假，想回去看望乡邻。上司得知白屿村情况后决定帮村民剿灭这帮匪徒。军人们为剿灭这帮匪徒制订了一套剿匪计划，剿匪部队经过周密侦察之后，集中优势兵力，采取奔袭、合围、遣剿等手段，给予大股土匪特务武装以毁灭性打击。经过几天恶战，大部分土匪被歼灭，其余匪徒四散逃窜，剿匪部队联合当地人民政府组织工作队，把反霸斗争和肃清残匪结合起来，广泛深入地发动群众检举揭发，使残匪丧失赖以生存的社会条件，一旦发现残匪立即实施剿灭。

讲述：姚志全

记录：魏琳琳　严佳靓

# 乞丐与赶考者

相传鸭屿村曾来过一个乞丐,沿途乞讨至鸭屿村,但由于常年风餐露宿,食不果腹,疾病缠身,最终在鸭屿村的一片滩涂上亡故。此乞丐虽然靠着乞讨维持生计,但是他有一颗善良的心。有一次他像往常一样出去乞讨,天下大雨,乞丐走到一间破庙,但是当他走入那间破庙的时候,发现有个人倒在地上,乞丐靠近查看,发现这人是晕倒而非死亡。乞丐没有上过学堂,不知该如何救治这人,也没有银钱去替这人找大夫,但也有民间用草药治病的经验,于是便抱着试试的心态到附近的山上挖了一些草药回来,给这个人服下。乞丐守了这人一夜后,这人居然醒了。乞丐很高兴自己救醒了这人,得知这人想进京赶考,但由于从小身体不好,也不知怎么便晕倒在了这里。乞丐让此人稍事休息再去赶考,自己则照旧沿途乞讨。乞丐救活了别人,殊不知自己也已病入膏肓,不久后便病亡。两天后,赶考者途经乞丐亡故的地方,看到有人倒地便上前查看,一眼就认出了这是救过他的那位乞丐,心痛不已,便将他的尸体埋在了鸭屿村附近的海岸边,然后进京赶考去了。后来赶考者成功考取功名,回来给乞丐修建了一块体面的墓地。这块墓地位于海边,但潮水却始终不会淹没这块墓地。这个故事

也流传到了现在。由于当地"乞丐"俗称"讨饭",所以这块坟地被当地人称为"讨饭坟"。

讲述：张心荣　李吉兴

记录：魏琳琳　严佳靓

# 仙人挑

在鸭屿山的不远处,坐落着两座小山丘,虽然不及别处的山峰高耸入云,但是此处也有一个神奇的传说——"仙人挑"。两座小山丘相隔八百余米,两山之间隔着的是悠悠的海水。据村民李吉兴老先生回忆,他幼时听大人们讲过这样一个故事:一位仙人用扁担挑着这两座小山丘,想去鸭屿村前的一个缺口处,用

山丘将此缺口堵住,防止海水灌入村落。但是这时,村口有一个叫堕民嫂的剃头仙人,抬头竟看到两座小山丘在缓慢移动,准备起身一探究竟,发现原来是一位仙人正在挑山。剃头仙人觉得他不该这样违背自然规律,便一声呵斥,谁知那根扁担突然崩断,顿时地动山摇,周围的树枝都被压倒在山下,顷刻间形成两座小山丘,这两座山丘便被命名为"仙人挑"。

拍摄:魏琳琳

讲述:张兴荣　李吉兴

记录:严佳靓

# 珠山白毛尖的传说

　　相传珠山脚下有一户人家,家里只有母女二人,女儿叫朱珠。有一天,朱珠的母亲得了一种眼疾,疼痛难忍,朱珠心里很着急却无计可施,只好抱着母亲哭,女儿哭,母亲也哭,越哭,母亲的眼睛越痛。这时,有位须发皆白的老公公走进朱珠的家中,他看着朱珠母亲的眼睛说道:"你把这包药粉配上珠山罗盘树嫩芽煎汁,喝下去兴许还有救。"

　　听完老公公的话,朱珠连忙托人照顾母亲,自己带了用来装米饭的袋子,上朱山采摘罗盘树嫩芽头。珠山山高树密,常有豺狼虎豹出没,几乎没有人敢上山,朱珠只想着把母亲的眼睛治好,所以她什么也不怕,一心向山顶爬去。爬呀爬,从天蒙蒙亮爬到太阳落山,朱珠总算爬到了山顶。

这时正是早春时节,山头茅草焦黄,树叶精光,只有一蓬矮矮的罗盘树,树干呈青绿色。朱珠眼前一亮,马上去找嫩芽,找来找去,都没找到一颗嫩芽头。朱珠心想母亲的病情可能无法治愈,于是心头一酸,就哭了起来。哭着哭着,朱珠好像听见有人对她说:"眼泪白白流,快催柯芽抽。"朱珠抬头一看,原来就是给母亲看眼睛的那位老公公。朱珠连忙扑到老公公跟前哭求:"老公公,罗盘树没嫩芽头怎么办?"老公公说:"只要心存真诚,就能催罗盘树长出嫩芽。"一阵风吹过,老公公不见了。

朱珠知道这是神仙在指点她,心想:"树没抽芽,恐怕是山高天冷,我为什么不自己来催罗盘树发芽?"于是朱珠坐在罗盘树根头上,解开棉袄纽扣,双手紧抱罗盘树,把罗盘树裹得非常紧。

朱珠一直抱了三天三夜,到第四日天亮,好像听见罗盘树发出"吱吱"的声响。朱珠轻轻撩开衣角查看,发现有许多芽头钻到棉袄夹里。只见嫩芽上长着许多白绒毛,抖也抖不掉,吹也吹不走,看上去好像是自然生长出来的一样。朱珠便立刻摘了一些放在袋子里,跑回了家,把罗盘树嫩芽和老公公给的一包药煎成汤汁,给母亲喝了下去。一晚过去,母亲的眼睛果然好了。朱珠就把剩下的嫩芽头送给别人治眼病,大家都说非常灵验。

后来,珠山山顶上的罗盘树越来越多,或许是朱珠捂过的缘故,罗盘树发芽也越来越早。大家都知道了这个罗盘树嫩芽很好用,于是每年清明时分,在珠山脚下的大姑娘、老母亲统统带着装米用的袋子,背着竹篓去摘嫩芽。摘回来烘干,储藏在瓷瓶里,用的时候,只要用热水一泡就会又香又醇,而且喝下去之后眼睛会清亮不少。因其嫩芽头上生有白毛,后人就把这种嫩芽叫作"珠山白毛尖"。现在这珠山白毛尖就是一种茶叶,因其清香扑鼻,常用来泡茶。这就是关于珠山白毛尖的传说。

摘自:《甬上风物·黄避岙乡》

# 巧对萝卜课的故事

有个财主望子成龙心切,贴出告示,请先生教书。

一天,一位先生揭了告示来到财主家中,先生对财主儿子专讲一些古今趣闻,对于书本并不在意。

年终,财主做了一桌酒菜,叫先生和儿子一起入席。酒过三巡,财主说:"按合约,我出题,如果我儿子对出三题,我便付你工钱;如果……那也不能怪我。"先生一口应承。

财主想,第一题便出得简单些,随口说道:"番薯。"按理说,财主儿子是能对出的,但他实在太傻了。多亏先生关照在先,一定要他看先生的脸色行事,这时,先生把筷子伸到碟中,夹起一块萝卜。财主的儿子急忙叫道:"萝卜。"财主想,儿子的才学果然不错。该出第二题了,出什么内容呢?还是选择穿着方面的吧。财主便说道:"绸缎。"先生又把筷子伸进碟中,夹起了一块萝卜,财主的儿子又叫道:"萝卜!"财主骂他道:"又是萝卜!"先生说:"绸缎对罗帛是对的,同属于绸缎绫罗之类。"财主默不作声,该出第三题了,财主煞费苦心,想着儿子从未接触过乐器,于是出道:"琴瑟。"财主儿子挠挠头皮,眼睛瞟向先生。财主想着,这回该难住了吧。只见先生不慌不忙地又把筷子伸进碟中,夹起一块萝卜。财主的儿子马上答道:"萝卜。"财主抑制不住心中怒火,斥道:"萝卜,萝卜,除了萝卜难道就没有别的?饭桶!"先生站起来:"主人,小主人此联对得比前两联更妙。琴瑟和锣钹两物均是乐器之名,且琴瑟两字头上均为'王王',锣钹两字左边均为'金金'。"

　　财主儿子对出了三题,财主输了,只好付给先生工钱。

讲述:徐安邦

整理:张明俊

# "缺牙龙"的故事

　　相传在很久很久以前,浙江省宁波市的象山港口有个孝顺洋,掌管孝顺洋的是一条小白龙。小白龙生得很好看,不光得到父母的喜欢,就连他外公东海龙王也对其宠爱有加。然而,大家对他的宠爱却导致了一场灾祸。

　　按照龙族定下的规矩:凡是没有成年的龙,都不能掌管任何一片海洋。但是小白龙十分任性,在东海龙王面前软磨硬泡想要当龙王,东海龙王手上刚好有一个孝顺洋龙王可以给小白龙当,便应允了。但小白龙生来就不安分,吃饱了,喝醉了,便仗着自己是龙外孙,带着龙宫里的文武百官、虾兵蟹将,到洋面上嬉闹。他们以掀翻孝顺洋上的船只,把船夫淹死,当作最开心的事。孝顺洋上被他们掀翻的船只数也数不清,被他们淹死的渔民不计其数。村民们生活在水深火热之中,有苦难言。

　　有一天,如来佛派大鹏鸟送真经给普陀山的观音菩萨。送好真经,大鹏鸟飞回西天,忽听到下界有天崩地裂的声音,还有凄厉的哀号。大鹏鸟向下一看,其他海洋都风平浪静,唯独孝顺洋浊浪滔天,风大雨大,一群虾兵蟹将——乌龟、鲨鱼、大鳗都在煽风搅浪。一条小白龙一会腾空而起,喷水刮风,一会一头钻进水里,喷起半天高的水柱。乌龟、虾

兵、蟹将们嘻嘻哈哈,阵阵喝彩,只见船底朝天,捉鱼人沉入大海。大鹏鸟看了,气得两眼冒火,它迅如闪电,伸开两爪,只一抓,就把小白龙抓住,飞上了天。

小白龙玩得正高兴,不防被大鹏鸟抓起,痛得全身淌汗。抬头一看,见是大鹏鸟,吓得浑身发抖,连连哀求:"神鸟啊,看在我外公东海龙王的面上,饶了小龙吧!"大鹏鸟暴怒说:"东海龙王,家教不严,纵容逆神,伤害无辜生灵,我先吃掉你,再找他算账。"

小白龙眼泪鼻涕一起流,吓得连声音都发抖了:"小龙再也不敢了,请神鸟饶命,如果再犯,让我嘴巴捅穿。"大鹏鸟说:"你这害人龙本性难改,吃了你是为一方除害,佛祖也会原谅我开个杀戒的。"小白龙连忙说:"我绝不食言,从今往后,孝顺洋上不翻一条船,不淹一个人。如果做不到,任凭神鸟处置。"

大鹏鸟本来只是想教训一下小白龙,见其满脸眼泪、鼻涕连连地保证,谅他肯真心悔改。他对小白龙说:"下次来,你若仍在作恶,不管你逃到哪里,我都要把你抓来啄成肉酱!"说完两爪一松,放了小白龙,振翅向天竺国飞去。小白龙骨软筋酥,一直往下坠。

他想:只要掉进海里,即使你大鹏鸟再赶回来也奈何我不得。

忽听惊天动地"砰"的一声,小白龙的嘴撞到东柱山上,把东柱山撞断一截,而它大大小小的牙齿被撞得一颗不剩。

从此以后,人们就叫小白龙为"缺牙龙"。

摘自:《甬上风物·黄避岙乡》

# 刺绣的故事

黄避岙乡地处象山港南岸,传说南宋时期,康王(赵构)受金兵追击,逃至此避难,得村姑相救。康王离开时,约定以村姑围腰巾的彩带与刺绣纹样为证,将其缚在竿上,插在道地为凭,以后接村姑进宫为王妃。

后来村姑不愿,为避免皇帝认出村姑,整个村庄家家户户道地都升起有彩带、刺绣的围腰巾。皇帝无奈,认为江南女子好,下旨江南女子结婚时皆可戴凤冠霞帔。

刺绣的彩带是黄避岙乡妇女的传统手工艺品,自古有之。以前,该

乡十来岁的小姑娘就已经跟着大人们学织彩带与刺绣技艺了。黄避岙乡刺绣工艺历史悠久,具体起始年日已无法考证。20世纪80年代初,龙屿村青年张学春(1970年生)为了外贸产业需要,举办了缝机绣花培训班,前后组织了约有两百人的绣花队伍,常年作业。近年来,黄避岙乡兴起手工绣花,继承者百余人。

摘自:《甬上风物·黄避岙乡》

# 张唯精与惜字亭

相传清朝的时候,龙屿村庄口旁边有座"惜字亭"。"亭"是用砖头砌起来的,长约 1.7 米,宽约 0.9 米,高约 1.9 米。前面一方砖头未砌到顶(约 0.5 米),上部空着,其余三方砌到顶,亭顶铺石板,上面盖瓦片,四角翘起。这样的亭子听说是专门用来烧毁有字的纸张的,故叫"惜字亭"。

据民间传说,字是一个叫仓颉的人所造的,人们为对其表示尊敬,留下"倘若谁脚踩着字就会折阳寿"的训导,所以人们不把有字的纸乱扔,而是放到"惜字亭"里去烧毁。村里有个惜字会,有好多文化人参加,会长名叫张唯精,还是个有点名气的秀才。其出自书香门第,从小读书,祖上留给他两间屋,还有些田地,他娶了个妻子,若是这样了此余生,生活倒也算富裕。可是张唯精一心求取功名,三年一届,一直考到六十岁还是个童生。有相当一部分人认为他能写一手好看的毛笔字,文章也写得蛮好,族里的许多事他办得也不错,讲起话来有板有眼的,怎么会连秀才都考不上呢? 一定是老天安排他命里无功名。

为了读书,他缺少铜钿,就一点点地将田地变卖给别人,到后来只剩下两间房屋,日子过得很苦。自家没有儿子就将侄子过继来当儿子。原来笔挺的身材,亦慢慢地变为驼背,他头发花白,人也骨瘦如柴,话语亦少了起来,看上去像个讨饭老头。可是他到老,读书却一点都不曾偷懒,闻鸡读书,夜做功课,碰到不清楚的地方,便毕恭毕敬地向人请教,十分虚心。别看他是个骨瘦如柴的老者,但早晨读起书来,声音如洪钟,附近的人家听到其读书声后,就起床烧早饭。可能是他读书的精神感动了苍天,他六十四岁时终于考上了秀才。龙屿村历史上出了一百多个秀才,他是考上者中年纪最大的一个秀才,应了句老话"有志者,事竟成"。村里人为其庆贺,他干瘪的脸上终于露出了笑容。他当惜字会会长,亦实在清苦,没有什么收入,完全是尽义务。不但要召集开会,向村里人宣讲惜字会的目的和意义,动员人家将要抛弃的字纸放到惜字亭里去,还在每日早饭后背起自己编的一只特大刀笼箭(竹篾编制,口小长圆形,可装杂物),弓着身子沿街寻找丢在地上的字纸。他看到字纸像得了宝贝,喜滋滋地拾起,轻轻地放进刀笼箭里,回头再到箭里看一看。他不但在自己村里拾字纸,还经常到横里、横塘、谢家呑、上龙屿等地方拾。一次,他到村口平桥头拾字纸,看见一张字纸漂在溪坑中随水流去,于是跳下溪坑去追字纸,却因忘记溪坑中的石头生着青苔,脚一滑,身子向后翻,坐了个屁股墩,衣服裤子全湿了,手也不知道被什么东西弄破,流着血。这些他都不顾,爬起来一步一拐循水去寻找字纸。到烧晚饭的时候,他必定去惜字亭烧字纸,直等完全烧毁熄灭才回家。

西山下村逢二、五、七、十便有集市,虽然离村十里远,还要翻山越岭,但张秀才想到集市上字纸多,于是每逢集市必去西山下村。有一年夏季,天气特别热,他从西山下村集市收集字纸回家,当时正值中午,在西山下岭黄避呑一边的山呑里,他因中暑跌倒在路旁,由于无人发现,不幸当场死亡。这个沿村拾字纸,不论冬夏,年复一年的老秀才就这样结束了他的一生。众人都为其痛哭惋惜,后人记以诗曰:"若志坚金石,情操励冰雪。闻君赋泵荷,年以逾六十。遗简善搜罗,只字必珍惜。中暑仆于途,书生命何薄。"

摘自:《甬上风物·黄避呑乡》

# 风物故事

# 陈岙青瓷窑址

在象山县黄避岙乡东塔村陈岙黄大山山脚，两窑并列，窑头朝西，面临象山港，窑尾朝东，顺山坡而上，各长约五十米，宽约五米。两窑南侧有一处圆形工场。据史籍记载，此窑在当时有重要影响，所产青瓷质地简朴、色泽温润，是我国唐代著名越窑窑场之一。1974 年 10 月，经中国历史博物馆、故宫博物院及省文管会等实地考证，确认此窑为唐初所建。窑址原来有一部分暴露在外，群众也常常掘得青瓷碎片。近几年，该地由于发展茶叶生产，窑体已埋入地下，但不曾被破坏。

村民之间一直口口相传着一个故事。相传古时候，鲁家岙岭西边山脚下有一个陈姓家族，以烧青瓷为业。陈家经营的青瓷窑，由几个人

分别掌管。他们烧制出来的青瓷器,样式精美,釉色鲜艳,不仅深受当地百姓喜爱,还远销外地。

每当生火烧窑时,烟柱就滚滚升起,瓷窑散出的烟犹如一条长龙,在天空借风盘旋,当地人称此景象为"长龙飞天"。

这事后来被皇帝知道了,大惊失色,龙乃是皇帝的象征,此地莫非要出"新王"? 朝廷便派兵围剿鲁家岙村,陈家八兄弟因此投河自尽。风波过后,瓷窑也无人打理过问,久而久之,便坍塌荒废了。

根据"长龙飞天"的传说,鲁家岙可能经历过一次突然的变故,使得技术人员大量流失;另一方面,两宋时期,人们在审美上有了更高的要求,龙泉窑与景德镇青白瓷的相继兴起,极大冲击了青瓷的生产市场。种种原因,导致陈岙青瓷窑最终走向湮没无闻。

整理:胡倩洁

# 凤凰山

在大斜桥村有一座山,名唤"凤凰山",这个山名的由来一直为人们所津津乐道。相传在远古时代,有一只凤凰路过此地,当时天空电闪雷鸣,有老人说那是凤凰在此渡劫。随着一声巨响,天空中的雷将凤凰的翅膀给劈掉了,翅膀掉落在这里,后人便称此山为凤凰山。

传说凤凰是上古神兽中的佼佼者,手下有四名神兽,分别是玄武、青龙、白虎和与凤凰情同姐妹的朱雀,凤凰掌管着地上所有生物,维持它们之间的平衡,所以玄武、青龙、白虎被凤凰分别派到了东方、南方和西方守护着,而凤凰和朱雀坐镇北方。本来一切都很太平,但是在几万年前发生了一件惊天动地的大事,有一条雪山上的小蛇,在阴差阳错之下吸取了日月之精华,汇聚了雪山上的灵气与寒气,变成了一条法力高强的巨蟒,而它所在的位置就是凤凰所在的北方。凤凰得知此事以后,认为巨蟒会破坏大陆上的安宁,便派朱雀去消灭它。本以为朱雀同它一样是属火的,对付这种属冰的小蛇应该很轻松,不想朱雀却受了重伤。凤凰与它情同姐妹,看它受了这么重的伤后勃然大怒,决定亲自前往,但是凤凰做梦都没想到这条巨蟒的法力完全超出自己的想象,甚至比自己的法力还要高强。它们大战了三天三夜,最后凤凰落了下风,巨蟒见凤凰快要撑不住了便收手不再攻击,放它离开,并承诺自己绝不会破坏生物间的平衡。之后巨蟒便找了一个山洞隐居起来。

但是凤凰何等尊贵,它从来就没有尝过失败的滋味,于是凤凰等伤好以后再一次找到了巨蟒想要再打一次,巨蟒没办法只好依了它。它们就这样前前后后打了几十次,但是每次都以凤凰的失败而告终。尽管如此,凤凰不但没有沮丧,反而变得异常兴奋,因为它活了几万年都是在无聊中度过的,它从来就没有什么目标,更没有梦想,这次却找到了一个值得自己奋斗的目标。于是凤凰努力地修炼,它的心中只有一个念头——打败巨蟒。后来凤凰修炼有成再次去找巨蟒,它认为自己已经和巨蟒不相上下,但却不知道巨蟒这么多年来一直都没有拿出过真正的实力。凤凰用尽全力,这让巨蟒也不得不全力以赴,最后巨蟒没有控制好力度,将凤凰打成重伤,凤凰再也没有力气飞回神界了。巨蟒为了表达对它的歉意,便让凤凰住进了自己的山洞,自己住在外面,并且每天帮它疗伤,无微不至地照顾着它。时间一长,它们两个竟化敌为友,甚至对彼此都产生了好感,就这样它们在山洞里快乐而幸福地生活着,一晃就是一千年。

　　它们生活得很快乐,但是好景不长,凤凰因为长期没有回神界,引起了神界某些人的注意,他们便对刚刚养好伤的朱雀下令,命令它召回青龙、白虎和玄武,命令它们四神兽去消灭巨蟒。但令它们没想到的是,它们到达巨蟒的居所时,竟看到凤凰也在那里,并看出了凤凰对巨蟒深深的爱意。凤凰一见便知道它们的来意,于是让它们先回去,说自己会回到神界解释清楚,同时也表明了自己对巨蟒的爱意。四神兽尽管早就看出来了,但是当凤凰亲口说出来的时候还是觉得一愣,四神兽马上告诉凤凰,说它们是不会有结果的,因为巨蟒并非神兽,只能算是个普通生灵,或者算是个妖兽,神界是不会同意它们在一起的,况且凤凰虽然在外形、声音和心态上都属雌性,但是凤凰的身体本质却是雌雄同体,是不能和其他生物结合的。这时候凤凰却说出了一件让它们无法想象的事情,凤凰告诉四神兽自己早就在巨蟒的帮助下将自己的雄体同化为雌体,现在已经成为完全的雌体神兽,而且它还表明愿意脱离神籍和巨蟒长相厮守。

　　然而，凤凰做梦都没想到，这一番话会给它和巨蟒带来灭顶之灾。原来青龙、玄武、白虎早就对凤凰心存爱慕，只是因凤凰是雌雄同体，它们无法表白，此时听到凤凰居然成为完全的雌性神兽，它们当然欣喜不已。可是听到凤凰要和巨蟒长相厮守的时候，三个神兽顿时对巨蟒表露出浓浓的杀意。不过它们深知就算是它们四个神兽联手也打不过凤凰，更别说还要加上一个它们不清楚实力的巨蟒了。于是它们暂且回到神界，然后青龙、白虎、玄武三个神兽便向神界添油加醋地将事情说了一遍，神界认为神兽与妖兽要长相厮守是丢了他们神界的脸面，加上三神兽这一挑火，便马上下令消灭巨蟒，将凤凰抓回来。

　　神界在四神兽的引领下马上找到了巨蟒和凤凰，双方一言不合便厮打起来，但凤凰和巨蟒联手仍不是整个神界的对手，不到一会儿它们两个就坚持不住了，便连忙躲到山洞里，用法力将洞口堵上，暂时缓解了危机。心知今天一定会死在这里，巨蟒便跟凤凰说："既然今天难逃一死，与其被它们侮辱致死，还不如我们自行了断。"说着巨蟒便将凤凰护在身后，就在那一瞬间，致命的一击也随之而来，巨蟒当即元神俱灭，凤凰也因此身受重伤，但是因为常年思念巨蟒，凤凰最终化成了山。

记录：徐珍妮　卿　文

# 高泥古埠头

　　高泥自古是海路交通要道。《蓬岛樵歌》注:西塔和东塔对峙,东塔隔山为高泥,近西塔,两岸对渡,一苇可航。从高泥到奉化墙下潭,是去宁杭的必经之路。民国《象山县志》载:"清光绪年间,象山有小轮渡,可至宁波江北、台州宁海,初泊高泥。后因渡人载货,停靠本县之西泽、黄溪、墙头和长礁等处。"

摘自:《象山乡村记忆》

# 大樟树

元朝大德间,鄞县(现宁波市鄞州区)瞻岐谢姓迁住西台山下,建村,得谢家村名。此处三面围山,坐西朝东,地平坡缓,谢氏陆续修盖三座四合院,村内有口谢家井,深三米,水色清澈;后山岗头生有两棵大樟树,西株在1964年火灾中被烧死,现存东株,主干粗直矗立,树龄二百六十年,为村中最古老风水树。据说,"风水樟树"的灵气来源于一个美丽的传说。

很久以前,这里住着一位老中医,毕生悬壶济世、救死扶伤,不仅医术高明,而且医德高尚,常年为贫穷的老百姓治病,分文不取。老中医去世以后,人们十分悲痛,为之缅怀。

若干年后,一位从外地来的居士夜里梦见一位童颜鹤发的老者对他说:"我是老医生,家住在本村,若有人相求,樟树是我身。"说完,飘然而去。居士醒来,大惑不解,细想梦中所言,似觉有些来历,于是说与乡邻,大家都认为梦境中的老者就是已经故去多年的老中医。于是,附近谁家有生病染灾的,便到樟树前虔诚地许个愿,求治病的就说病好以后如何报答,不知是老中医真的显灵还是患病人的心理作用,所求之事,无有不应。从而,一传十,十传百,直至家喻户晓,妇孺皆知。"神樟树"之灵验,令其一时声名鹊起,震动长阳五峰两县边壤。从此,周围的老百姓不论大病小病,总是寄希望于树神,一经许愿,心诚则病除。

"神樟树"的名气越来越大,附近的村民除了求神樟树治病以外,也有求福的、求财的、求子的、求平安、求消灾的,总之,一切想求之事皆来求之。

一年到头,前来许愿的、还愿的,络绎不绝。高大的树枝上挂满了红布条,远远望去就像盛开的鲜花。特别是每年的正头腊尾,因是集中还愿的时期,"神樟树"四周成天香烟缭绕,鞭炮声不绝于耳,给疲惫安宁的村庄平添几分生气。

当地解放以后,特别是在土地改革中,村里开展相信科学、反对封建迷信的宣传教育,所有的土地庙被撤除,庙里供奉的"老爷"被销毁,昔日那些神圣不可侵犯的木偶变成我们手中的玩具,只有这棵"神樟树"幸免于难。不过,从那以后,这里也失去了先前的风光,"神樟树"的神圣光环也随之消失。

几十年过去了,时过境迁,世易时移,原来的老树蔸上生长出来的幼苗已经成为大树,"神樟树"在人们心目中的印象已经模糊,在年轻的一代人中,"神樟树"的故事已经鲜为人知。可想而知,随着时间的推移,"神樟树"的故事必将成一个更加遥远的美丽传说。

资料来源:谢家村文化长廊

# 石头房

　　一座石头院子,闪烁着岁月的光芒,展示给我的只有美,还有亲近感……推开栅栏门,感觉自己脚下踩的不是一条路,更不是一块石头,而是历史与故事。走进这座小院,走进石头房子,内心之中又升起无限尊重……

　　小院的主人是一位八十多岁的老人,我很亲切地喊她"大娘"。大娘说,这座房子已经有两百年的历史了,她们祖祖辈辈居住在这座石头房子里。石头房子经了岁月,也会慢慢老去,它已经经过了多次的修建,现在还可以住人……大娘说,石头房子住着冬暖夏凉,她已经在这儿住习惯了。也许石头房子与现代重建的房屋差别很大,但如果让她选择,她依旧会选择住在石头房子里……石头房子,已成为她的一种生活,已深深融入她的生命里……

　　告别大娘,继续深入村子。村子里住户不多,房屋也是三三两两地依山而建,相较那些古老的石头房子,更多了一些气派和烟火气息。毕竟石头房子大多成了闲置的房屋,里边荒草丛生,少了生灵的气息,房子就显得孤独、没落。这些石头房没有成排成行地建设,也是三三两两的,给人一种很自由、很洒脱的感觉。

　　　　　　　　　　　　　整理:胡倩洁　王赛霞

# 跃进塘

　　周围除了有渔民的故事,也留存着当地很多老人的童年回忆。一位在周家村的老爷爷告诉我们,在他小时候,每年的六七月份,跃进塘都会发大水,因此水塘边的水上村就会遭遇水浸。洪水大时,基本浸过房屋的一楼,居民只能把电器、炉具等家当搬上二楼继续生活,出行基本靠小船。等到水退时,很多居民家里便会留下不少被冲进屋的鱼虾蟹。邻里的小孩都会一人拿着一个小水桶比赛抓小鱼,抓到最多小鱼的家庭还会拿着今天捉到的鱼做一桌鱼宴来招待孩子们。大家还会在水里踢球,溅起一个个水花。干干净净地出门,回到家都变成一个个小花猫,老母亲批评的声音还时常回荡在脑海。

整理:胡倩洁　王赛霞

# 周家水井

　　周家村的这口水井,又称为杨泉井。周家村的一位老婆婆说过这样一句话:"美不美,家乡水;亲不亲,故乡人。"在周家村有一口特别的井,也有一个特别的人。这口井,这个人,总会让人心中泛起一份浓浓的乡情和深深的敬意。

　　这口井滋养了一代又一代宗族后人。在这个村子刚刚形成的时候,有一些发生在杨老孺人身上的凄美而又感人的故事。杨氏十九岁时,丈夫英年早逝,此时的她并没有沉沦,而是在经济并不宽裕的情况下,主动要求领养邻居的第二个儿子,并视为己出,慈母严父般地养育他。此外,她发现身边的一些老弱病残者不能到远处的水井挑水,于是召集村里的青壮年掘了一口井,这口井从未干涸。当时的乡民称赞她为女君子。时光流逝,故事不知何处去,唯有水井在人间。初时这个水井的样子和村子里其他水井没什么两样,水井四周用青石做成护栏围住,作用有二:一是外观漂亮,二是可防小孩掉进井里。井口呈四方形,为方便挑水,中间还搭了块长条形石板。后来,水井也进行了一些改造,井口改成了圆形。走近一看,井水清亮如镜,可照见自己,还可清晰地看见井底漂亮的卵石和游动的小鱼。但现今,由于长时间未用,这口古井也不复当年景象。

整理:胡倩洁　王赛霞

# 枫杨树

    据村民讲述,此棵大树在黄避岙乡是难得一见的百年老树,见证了村落的盛衰。此树庇佑着兵营村的村民们。树根粗壮代表着村落根基稳固,树叶茂密代表着兵营村村民开枝散叶,村落不断完善。

拍摄:魏琳琳

记录:严佳靓

# 李家旧址

　　李家旧址目前坐落于兵营村内,是一个三合院。相传早年间住着六户人家,虽然人多,但大家和平共处,氛围十分融洽。院子二楼设有书堂,供需要上学的学子们读书,正堂的房梁上有一块匾,上书"节孝双全",是光绪十三年(1887)帝王授予的。旧宅的墙壁上都是摘录的毛主席语录,供家中孩子熟记。李家旧址的墙外还有一口李家井,是兵营村现存的唯一一口井,水质甘甜。据传,李家井中的水长年不涸,就算天气再干旱,井中的水也不会干。

拍摄:魏琳琳

记录:严佳靓

# 大袋山岗

　　大袋山岗是由于该处的山像一个大口袋,故名为大袋山岗。而且该山上有一野兽洞,洞穴里常年有蛇虫鼠蚁出没,偶尔还会有野猪等兽类出现,因而此洞穴被称为野兽洞。大袋山岗前部,有块叫鹰嘴岩的岩石,是由于礁石口有座像鹰嘴一样的山,所以命名为鹰嘴岩。

讲述:张明俊

记录:魏琳琳　严佳靓

# 蛇头山

据村民讲述,从前这几座山连绵交错的样子像极了一条蛇,一位得道成仙的蛇仙从天上望见这座山,觉得与自己颇有渊源,便决定在此居住造福百姓。蛇头山的不远处就是早期的兵营村。但当时的村民为了外出方便,就在蛇头山中间凿了一条路,故事便从凿路开始了。由于村民们在蛇身中间凿路,蛇仙认为自己尽力帮助村民抵制洪水而村民却破坏自己住的地方,可能是因为自己占用了村民的可用之地,所以蛇仙便依依不舍地离开了。不久之后,村里发生洪灾,村落被淹没了一半,村民无家可归,纷纷认为是由于凿路惊动了蛇仙才导致了洪灾,村民非常自责,想着去蛇山上忏悔祈求仙人回来继续帮助他们。第二天,村民带上家里仅有的粮食去蛇头山供奉蛇仙,蛇仙对蛇山也非常不舍,看到被淹的村民非常落魄,便决定帮助村民。蛇仙忍痛割下自己的尾巴掷于蛇头山山顶,蛇尾化成山石帮兵营村村民挡住了洪灾。村民觉得蛇仙造福了百姓,十分感谢,提议每年都到此地供奉蛇仙。故此地名为"蛇头山"。

讲述:佚　名

记录:魏琳琳　严佳靓

# 仙人床

　　据村民李吉兴讲述,仙人床位于村落身后,坐落在灌木丛中,仙人床的高度每年都在增加,至今已是一块长约八米、宽约两米的大石床。据老一辈相传,古时候有位仙人下凡游历,找不到合适的住处,看到鸭屿村村后有块石头,便想着在石头上借宿一晚。老人们说可能是由于沾染了仙人的仙气,石头便每年不断增长。据传,夏日躺在仙人床上,一点都不觉得炎热,甚至会感到有阵阵凉意袭来,村民觉得十分神奇,故将此石块命名为"仙人床"。

　　　　　　　　　　　　　　　　讲述:李吉兴　张心荣
　　　　　　　　　　　　　　　　记录:魏琳琳　严佳靓

# 龙洞水库

　　鸭屿村后山上有一个水库,水库不神奇,神奇的是水库旁石壁上的一个石洞。这个石洞看似普通,但它的开端在鸭屿村,末端却在塔头旺村,两洞互通,在一头呼唤,另一头竟能听到这呼唤声,很是神奇。老人们说这个洞穴是古时候有一条龙在天空中玩耍腾飞时,不慎撞上了这座山,穿山而过形成的,于是人们便将此洞穴命名为"龙洞",旁边的龙洞水库也因此而得名。老一辈人说那时候他们没有手机,交通、传话都十分不便,偶然发现了这个洞,从此这头村子里的人不用再跑到另一个村子传话,只要在洞口的两端说话,双方就能听得十分清楚。老人们笑道,曾经还可以用这龙洞呼唤隔壁村的姑娘呢。

讲述:李吉兴　张心荣
记录:魏琳琳　严佳靓

# 龙　潭

　　龙潭,又叫龙台,传说是龙洗澡游泳之地。龙潭紧靠驿上岙吉庆亭西侧,稍呈圆形,深一米有余,潭壁光滑,北有白凤坑水源流入,南临石拱桥。龙潭虽然不大不深,也不源远流长,但是从不干涸,哪怕大旱之际,也是水流不断、清澈见底。相传,在黄鳝山北面的龙屿村有处龙潭坑,龙潭坑内也有一龙潭,终年流水哗哗、清澈见底。南北龙潭,虽隔一山,却是山相连,水相通。有一年龙屿村遭遇洪涝灾害,村民家中的稻谷被冲得到处都是。没想到第二天早上,龙屿的稻谷经龙屿的龙潭,随水流到了驿上岙的龙潭。从此,大家更加坚信了二潭相通之说。

　　　　　　　　　　　　　　讲述:张永光
　　　　　　　　　　　　　　记录:魏琳琳　严佳靓

# 庙宇传说

# 长兴庙

长兴庙的前身是一个供居民拜佛祈福的小庙。相传鲁家岙那座山上有座庙,庙里还有一位老和尚,每天清晨那山上都有钟声响起,村民还会偶尔上山拜拜,上上香。直到有一年冬天,气候寒冷干燥,有一天突然下起大雨,雨越下越大,竟丝毫没有要停的意思。稀里哗啦的雨水漫过了田间,漫过了门槛,再这样下去,怕是连屋子都要被淹了。惊慌失措的村民顾不上收拾东西,接二连三地往山上跑,这时候电闪雷鸣,漫天洪水突如其来,好多村民没来得及上山便被卷走。一时间,人心惶惶,走投无路的村民挤进小庙,哭爹喊娘,求佛祖保佑。老和尚被突如其来的人群吓到了,抬头看看天色后道:"莫慌,待贫僧出去看看。"老和尚说完,撑起一把油纸伞便出了小庙。老和尚刚出去没多久,一声炸雷差点震塌小庙。随着雷声,狂风暴雨越演越烈,但不消片刻,风雨骤停,村民喜出望外。可这时,庙里铜钟一声巨响,脱链而去,小庙吱吱呀呀,眼看就要倒塌,村民赶紧撤了出去,好在大雨已停,待最后一个人退出小庙后不久,小庙轰然倒塌。赶回来的老和尚一见这情景,对村民说道:"山里有只野鸡得道,然而因尔等往年对其族杀戮过重,怨气难平,遂施法降雨。"老和尚双手一合:"好在其刚刚得道不久,根基不稳,这水法也并非其擅长,贫僧驱铜钟压

之,尔等切记,需过二十年,其才能身死道消。切莫挖开铜钟,切记!"老和尚说完看了眼倒塌的庙,低声一叹:"此地不留,去矣。"不等村民回过神,老和尚早已经不见踪影。好多年过去了,也曾听说好多人都还踩到过那个钟把子,下雨天,人们还能听到钟声。据说这是那只野鸡精企图破钟而出时发出的声响呢。经过这事,村民便在其他地方为消失的老和尚建了一座小庙,有时也会有教书先生在这小庙里教导村里的孩童。庙中香火不断,呈现一片热闹的景象。后来在"文化大革命"时期,这座小庙历经摧残,"文革"结束后村民自发筹钱修建古庙,有钱出钱,没钱出力,连一些孩童都来帮忙建庙。小庙历经一年时间重建完工,取名长兴庙,寓意鲁家岙村长久兴旺。

记录:胡倩洁　王赛霞

# 张湾庙

　　张湾庙是由张湾村的村民们集资修建的,已有一百多年历史,初心是希望这间庙宇可以护佑村民。村民后期于 2007 年 10 月集资重新修缮。据村民讲述,原张湾庙由张湾自然村命名,重建张湾庙时,兵营村也加入了,故此庙现在名为兵营张湾庙。

拍摄:严佳靓

记录:魏琳琳　严佳靓

# 白屿庙

白屿庙始建于北宋,历代经过多次大、小修缮,中华人民共和国成立初期东首小屋倒塌,1998年重建,重建庙宇比原来更高大。

白屿庙供奉的主神像为当境范历清大帝、当境童子金娘娘,还有其他神像如龙王、镇武大帝、土地婆婆、土地公公、文判官、文财神、罗伞将军、武判官、武财神、马童将军等。

传说范历清大帝为后梁末期的文职官员,因朝廷变故弃官,便与其妻童子金骑着白马逃至白屿,看到当地背山面海,中间的土地可作农耕,当时也有个数十户的小村落,便决定在此定居。由于范历清当过官,有所积蓄,看到村民生活艰难,难以充饥,便常拿自己的钱接济贫民,为民众排忧解难。又因童子金懂点中草药知识,故有人患病常请她拔草药治病,村民很敬重他们。在他们过世后,人们为怀念他们的恩德,于宋初在一座小山下的海滩边造了一座庙,后人把这座小山叫庙山。这座庙坐北朝南,面海,正屋三间,有六根石柱子。正屋东偏南有一间小屋,供奉着土地公公、土地婆婆的神像。大门外两棵大枫树的树龄也有几百年。

白屿庙建庙至今已近千年,由于范大帝当官清廉,特别是他们在此定居后济民、惠民,保护大家安居乐业,许多功德得后人铭记、传承,故后人称他为当境大帝。

每年七月二十五日,村民自发组织庙会,晚餐设庆丰宴、赶席宴,往来者络绎不绝,热闹非凡。晚上请戏班演戏,演戏开始前敲锣打鼓,用轿子把当境大帝、当境娘娘请到戏文场,并有五谷、六畜、糕点、水果、酒菜、焚香供奉,祈求福寿康泰、风调雨顺、国泰民安。戏班演戏有时演三天三夜,有时演五天五夜。首场《天官庆寿》,诵吉利话,献福寿蟠桃,跳徽送元宝,向观众撒吉利糖、蟠桃,抢得者预示好运来。一直以来,每逢初一、十五,烧香拜佛者甚多,尤其是老年女性,常在每月这两日祈福求平安,祈求子女学业有成,年年丰收,出海捕鱼者满载而归。庙会活动寄托着人民的情怀,当今国泰民安,政通人和,人民安居乐业,富裕起来的人民群众在解决温饱以后,比历史上任何时候都更需要娱乐来作为精神食粮。故在 21 世纪的今天,庙会这种古老的形式除了用来祈求吉祥保平安外,最大目的就是传承传统的民俗活动,娱乐消遣、会友访亲,促进社会和谐。

白屿村位于西沪港北岸,交通便捷,距离象山港大桥高速入口仅两公里。村域面积 2.3 平方公里,全村 348 户,总人口 1112 余人,耕地面积 460 多亩,山林 170 多亩,海塘养殖面积 400 余亩,海涂面积 1200 多亩。"斑斓西湖"工程以白屿村为中心,宁波市计划要把"斑斓西湖"打造成花园式旅游胜地。目前已在环境整治、基础设施上做了大量工作,白屿庙边已建起宁波象山心灵谷,规划将白屿庙周边即整座庙山建成公园。届时,每逢节假日,这里将迎来大批游客,白屿庙当境大帝也会继续保佑村民、游客平平安安。

讲述：佚　名

记录：魏琳琳　严佳靓

# 白鹤庙

　　相传黄避岙村的村民在此辛勤劳作,繁衍生息,人丁日渐兴旺,后来一些外来的家族纷纷迁移到此。清光绪八年(1882),各大家族繁荣昌盛,经商议,为保一方平安,各家族打算筹钱出力建造一座本保庙。经村里一位德高望重的前辈指点,选址定在村里山坳西边山脚下的百年樟树附近。有一年黄避岙村发洪水,村里的一座庙宇被冲走了,那座小庙随着洪水不停地往下漂流,直到在村另一头街道的拐角处出现一只白鹤,庙宇才在它的面前停了下来。从此村民们便给这座庙宇取名为白鹤庙。当时选定每年的农历十月十三日为白鹤崇和大帝寿诞日,当地村民用各种祭品来供奉,香火旺盛。后考虑到农历十月十三日正值秋收季节,征得当地村民同意,改为每年的农历九月十三日为其寿诞日,一直延续至今。

　　自古以来,白鹤就与道教有着不解之缘。张道陵祖师创立天师道的所在地鹤鸣山,现仍存待鹤轩、听鹤亭等,据《云笈七签》记载,张道陵祖师常骑鹤往来于此。

　　《元史·列传第五十》《台州府白鹤大帝赵炳列仙图赞志》及南宋唐仲友《白鹤山灵康庙碑》中均有记载,白鹤大帝,姓赵名炳,字公阿,金华东阳人。闽中有个叫徐登的人,先女身后变成了男身。相传,东汉时期,正值兵荒马乱,传染病和流行病四处蔓延。赵炳和徐登两人因方术结缘,志同道合,在黄避岙乡一起用道术济世救人。

　　赵炳和徐登都懂得道术。他俩在一条溪边相遇,都自以为有本事。徐登首先命令溪水不流淌,赵炳接着发功使枯柳树发出了新芽。施完

法术,两人相视大笑。徐登年纪大一点,赵炳便把他当老师。

后因徐登辞世,赵炳便独自向东前行,到章安郡(今椒江区章安街道)。当地老百姓并不了解他,赵炳于是登上茅屋顶,用大鼎生火煮饭。屋主人感到惊奇,赵炳笑一笑,不回答,茅屋也没有烧起来。赵炳有次到河边想要乘船过河,船夫不同意。于是赵炳掀起帷盖,坐在上面,呼唤大风,横渡流水,过了河。因此,老百姓开始敬佩他,跟随他的人也多了起来。

赵炳因为善施禁术在当时很有名,在后世也声名远播。晋代的葛洪就说,赵炳禁人时人就站不起来;禁老虎时老虎就趴在地上"低头闭目",任凭人们去捆绑它;还能用手将大铁钉敲入木柱子一尺来深,再用禁术对着它吹口气,铁钉就会像箭一样从柱子里射出来。《异苑》中也说他对着一盆水施展禁术,吹口气,水中便现出鱼和龙来。此等方术令人望尘莫及。其方术多用于济世救人、造福百姓,其精神和人们对其的寄托影响至今。

赵炳以精湛的医术治病,以神奇的禁术服人,并行济世救人之道,周围追随、崇拜他的人也越来越多。这事引起了当时章安郡长官心理的不平衡,最后以惑众为由杀了赵炳,并弃尸灵江。其后,其尸自章安溯流至临海桃渚白鹤山,当地临海民众在白鹤山建灵康庙祭祀,因颇为灵验,故称白鹤大帝。

　　白鹤大帝的信仰在黄避岙村早已融入百姓的生活之中。在我国的其他一些地方也建有多处白鹤庙。作为沿海一带最早的保护神之一,人们至今常常在白鹤庙祈祷祝福,以求神庇。

拍摄:卿　文

讲述:佚　名

记录:卿　文　徐珍妮

# 童翁庙

查宋《宝庆四明志》载:唐时象山有童翁浦,有庙主姓孔,行第七。吴越立庙。建炎中楣额"显灵",即《宝庆四明志》中定海县助海显灵侯庙也。《浙江通志》引至正《四明续志》,童(翁)浦孔侯,年代不详。

嘉靖《象山县志》载:童(翁)浦在县东北,孔侯行第九。《宝庆四明志》载:孔侯墓在县东北二十里童翁浦。孔侯,行第七,失其名,象山县童翁浦人。性刚志烈。义不苟合,乡里敬而惮之。咸亨中,卒于望海镇之富都里。时镇海县尚未立。巡吏刘赞立祠祀之。钱氏有吴越,其静海镇将以冥祐立庙,称助海侯,兵部侍郎皮光业为记。宋建炎中,高宗幸海道,赐号"显灵"。《宝庆四明志》卷二十一,侯有遗诗曰:"关津扼要独秉乾,万丈中霄剑气寒。百行终须由孝立,功勋切莫等闲看。"鄞县亦有助海龙王庙,在县治一里三法卿,宋南渡时建。亦云神姓孔,象山童翁浦人。

据童翁庙的传说,明代,倭寇侵略中国沿海东南地区,朝廷委派英雄戚继光平倭。军队中两位军医分别姓童、翁,一主内科,一主外科,均医术高明。军队驻扎在湖头汛,村民得病,便前去求助。童、翁两位神医从不拒绝,悉心照料病人,药到病除。人们为了纪念两位神医,便建造庙宇,供奉两位神医。

史载童翁庙,吴越时立。清代重建,位于大斜桥凤凰山下。民国《象山县志》记载:"童翁庙在小山湖头,县东四十五里。"1956年,"八一"台灾,毁坏,原地沉入大斜桥水库。1994年,在黄避岙乡周家村大斜桥村重建。供奉童翁浦当正菩萨,以及孔候、地藏玉佛、观音、财神、土地神、黑白无常等神像。2012年,重建。供奉童老爷、翁老爷、财神、龙王、文昌、魁星、土地、观音、八大将军等。

摘自:《象山县志》

# 护境寺

宋初,龙屿张氏四世祖曰藏,字昂然,迁居大林,建庆园,名曰"云水庄"。他考察了当地的地形和山势,看到正北面俯伏如"象"的一座山;再看东侧有一山冈,缓而长,向南延伸,形似卧龙;西侧一山冈,比东岗略矮,形似伏虎绕过。两冈间,一脉溪流。庄园四周形如荷花,庄园建在荷花芯上。好一个风水宝地。于是,捐田地一百亩,山三十顷,改自居"云水庄"以建寺。招僧增洪住之。颜其额曰"护镜寺",借以保障一方。此后,拜佛烧香的善男信女越来越多,又前后建造大殿九座,周边

还附有十八个脚庵。佛事兴旺时,僧人会集,曾有"千僧过堂"之景。宋建隆二年(961)重修,有宋仁宗御赐上、下石碑楼,护镜寺更名为广福院,熙宁二年(1069)加赐"寿圣"两字。南宋高宗赵构南渡脱险,于绍兴三十二年(1162)幸临该院,并改赐"护境广福院"匾额,又御笔手书:"如

无神灵福慧,何能指示寡人脱险,未知广福院何朝遗迹,今日观护境禅
寺重兴。"正名"护境禅寺"由此而来。

拍摄:卿　文

整理:张明俊

# 历史故事

# 高泥军港系列故事

## 一、军港大计雏形

甲午战争使泱泱大国沦为"东亚病夫"的强烈刺痛,惊醒了中国千年的大梦,中国人民在屈辱中奋起抗争,在苦难中不断探索。象山军港的修建,从清末到民国肇兴再到中华人民共和国成立,就像一面镜子,折射出泱泱中华救亡图存的所有努力与成果。

日本帝国与俄罗斯帝国为了侵占中国东北和朝鲜半岛,在中国东北的土地上进行了一场战争,日本凭借强大海军胜出。1844 年 1 月 1 日,宁波正式开埠。列强往来于浙东沿海,开始重视象山港。外国兵舰不时侵入,意大利索租三门湾。

《奏请以象山港为军港折》称:"光绪二十五年(1899)意国兵舰去三门湾后,即改泊象山港,时来时往,将及两年。近年来各国兵舰亦多至港中游弋,若不早为之计,一经启口,因应为难。""目前之计,莫若声援象山港自作军港,而以定海、南田为犄角,使外人知其地为我注意,庶可预杜觊觎。"

## 二、兵轮勇丁滋事风波

1909 年 10 月 11 日,《申报》刊《兵轮勇丁滋事之详情》云:"兹据该村董陈元吉等禀县,以是日湖鹏、湖鹗两轮勇丁,闯入居民陈春水家,采摘春团。陈某之父年逾七旬,向其阻止,致被辱殴……当由胡令据情禀请上台,转咨统领,严加

约束,免滋祸患。"

"湖鹏""湖鹗"为湖广总督张之洞于 1904 年购于日本的四艘雷艇之两艘,当时属巡洋舰队。1911 年 11 月 13 日,"湖鹗"在九江起义。

### 三、测量标记拔毁风波

1910 年 5 月 27 日,《申报》刊《海军大臣覆勘军港消息》云:"因拟由萨大臣亲自赴浙勘查一切,以便开办。"8 月 3 日,《四明日报》刊《洵大臣有覆勘军港之消息》云:"海军大臣洵贝勒……定即南下云。"洵贝勒和萨镇冰因出洋考察海军,海军处特派通济船赴象山港测量。9 月 13 日,《申报》刊《电饬保护海军开港工程》云:"同此次测量水道沙礁,均经军门亲临监督,按图插标,俟两大臣核准,即行开辟从事建筑。"为保护测量标记,又云:"前月中旬特派通济兵舰驰赴该处洋面从事测量,深虑乡愚无知,转多谣惑,即经统领电咨浙抚,转电道府县克日出示明白晓谕,以释群疑在案。"8 月 21 日,《四明日报》刊《通道礼发南用保护军港之要示》告知:"不迎型山测量设立标记,不得稍有拔毁以重军识。倘敢故违,一经查出,或被指控,定行究惩不贷。其各凛遵,切切特示。"不料测量标记被拔毁,9 月 20 日,《申报》刊《电禀保护海军港工程》云:"不料沿海居民疑为洋船窥探,乘该舰出口时将所记标识全数拔毁,致兼旬经营,徒劳跋涉。"为防再次被拔毁,《电饬保护海军开港工程》云:"昨经程军门电告增帅严饬宁道札县查办,一面重行出示,加派师船游弋,以资保护。"《电禀保护海军港工程》云:"日前宁道桑观察电禀中座……现已严饬奉象二县设法保护,并饬沿海厅县一体派艇巡查,知有再犯,即行严惩,以期无误测量。"象山方面,9 月 30 日,《申报》刊《严伤保守军港标识》云:"闻象山县接函后,当即严谕各庄绅董剀切开导,遇有前项标准,各应力为保

守,毋再拔毁,制于告庭,并面摸就浅俗告示,分投张贴,以便周知。"

## 四、征地风波

《象山近百年史事脞录》云:"1911 年 4 月 1 日,曹样、胡应祥购买高泥田地、房屋,作建设军港基地。"《近代中国海军大事编年》云:"1911 年 4 月 1 日,海军部派曹嘉祥帮办军港事务。"6 月 11 日,《申报》刊《委派开辟军港价地事宜》云:"象山三门湾开辟军港应用各地业经部派曹道嘉祥来甬办理,日前面禀抚宪,持札委陶令霖随往办理一切价地事宜……该处绅民务宜按照时价由官收买,不得故意居奇有碍军用云(此处三门湾应指象山港)。"当时,军港确立,高泥土地成为热地,征地之初以曹嘉祥为代表的官府担心百姓索价过高。8 月 11 日,《申报》刊《军港地价之等差》云:"象山军港购买田地山屋前经定价宣示,现因居民禀求加价,吴总办应科邀同孔绅照黎、张绅廷鉴等议定上中下三等价目。上等田给价五十元、楼屋八十元;中等田四十元,屋五十元;下等田三十元,屋四十元。上好地作三等田算,草房二十元,照地丈量,按亩给价。"
8 月 21 日,又刊《求加军港地价》云:"象山港海军购地处因定价太廉,曾经居民禀求加价,经吴委员邀同绅耆议定每块加洋十元在案。事后该处耆民等又以未足,续禀加价,吴委员阅禀后大不为然,谕俟详泉海军大臣核覆后概照庄册给价。"据《象山文史资料(第五辑)·蒋黼》载,蒋黼"垫付银洋一千二百元,于距军港水程相近之西州港外大涂塘等处,买用四十亩,开办象山港发轫造有限公司,以供应军港造局厂所需之红砖、青砖、瓦片等建筑材料"。官府最终定价虽未

海外逐劳尘 侨胞谒可亲
郊迎情倍挚 夜宴品尤珍
国事殷勤问 行踪次第询
自惭无建树 枉作座中宾
庚寅其秋九十二 蒋福淇

能达到百姓期望,但与时价而言,并未低得离谱,故而双方妥协,军港前期征地最终得以完成。《中国近代海军史事志》载:"宣统三年(1911)闰六月,吴应科、曹嘉祥会同县令、绅耆、议长、乡董在象山购地四千亩、屋

六百间,以备作军港时建筑船坞之用。"征地是当时辟建象山军港的主要投入,数目未见记录,然《调查军港报告书》载:"前人积数年之精力经营西湖全港,费款至二十万之巨,测量购地煞费苦心,其厂坞之选定,高泥尤为允当。"《大中华浙江省地理志·海军》载:"象山湾军港……建筑工程浩大,需费尤巨,迄今未成,已用三四十万元,经次长曹嘉祥驻港督工,费绌未竟。"

### 五、建港主义者萨镇冰和高泥百姓

萨镇冰于 1919 年任北洋政府海军总长,曾代理国务总理。1923年任福建省长。1927 年,辞职后为海军部高顾问。1933 年,支持李济深和十九路军将领在福建成立"中华共和国人民革命政府",同情民主抗日。1949 年,拒绝去台湾。中华人民共和国成立后,为全国政协委员、侨务委员及人民革命军事委员会委员。著有《客中吟草》及集外诗多首。

萨镇冰勘察象山港时,为接近普通百姓,曾到外高泥村钱氏家中品茶,钱楚白的祖父以地方绅士相迎陪送。萨镇冰见钱楚白生得头角方圆,眉清目秀,相貌非凡,十分钟爱,欲收为义子。其祖父十分高兴,当场应允,让楚白拜见,以父子相称。萨镇冰意欲将楚白带往福建,因钱楚白父亲早逝,其母不忍让他远离,故未成行。19 世纪 20 年代,萨镇冰送来亲笔所书雅轴一副,题曰:"楚白贤员雅嘱:叶浮嫩绿酒初热,橙赤香黄蟹正肥。萨镇冰赠。"笔势雄健,属颜体,于"文化大革命"中被毁。民国十一年(1922),萨镇冰任福建省主席,钱楚白携其祖父与萨镇冰的合影照片,寻访义父萨镇冰。萨镇冰请先生教授其外语,数年后,萨镇冰见他学业大有长进,且稳重谨慎,任他为长汀县县长。钱楚白到任后,体恤民情,多有作为。后调任福鼎县县长,萨镇冰见其胆魄不小,调任禁烟委员、旅长等职。1946 年夏,钱楚白辞职回乡。1969 年 7 月,卒于象山,享年七十一岁。

## 六、建港失败

1909 年 4 月 20 日,《翰林院侍读荣光奏请于浙江三门湾舟山定海筹建军港》;11 月 14 日,《出使意国大使钱恂奏三门湾建军港片》,仅分别朱批"下所司知之"和"览",三门湾辟建军港之论遂不了了之。宣统三年(1911),收买高泥民宅田地,甫完。1911 年 10 月 10 日,武昌起义爆发,辛亥革命成功推翻了清朝统治,总办曹公挟公款逃去,唯高泥土地尚未入官产局中标卖,尚归国有。

民国初期为驳"三都易象山为主港之论"形成的《调查军港报告书》,通过"全局"和"局部"权衡两港优劣,其中全局上"惟象山居三都之北及千里,逼近京畿,肘腋长江,与国防要旨适符,且位处全国沿海中央,东据舟山,南抚闽、粤,较之三都,地偏南境,重于一隅而轻于全局者,似未可同日而论"。局部上"外交""建筑""交通"和"侧防"四方面象山皆优于三都,"故拟定象山为主港者此也"。是书称:"故前清时有规定象山为军港,并辟三都通商,以抵制外人侵入之举。"

三门湾辟建军港之论源于 1899 年意大利索租三门湾。《奏请以象山港为军港折》称:"所谓三门湾者,如专指上下三门言,则该处水势遇潮涨时,或深至十丈及二十丈不等,风涛极为险恶;若遇东南风作,轮船亦难寄碇,此断难为军港者也。若就西人所指之三门言,则又形势散漫,口门众多,无要可扼,既无屏障之山可以避风,又无广大之坞足以造船,此不足为军港者也。"

1916 年 8 月 24 日,孙中山偕胡汉民等一行,从宁波乘军舰视察象山港和三门湾,返京之后向国会提议将象山港列为军港,拟建海军军事学校。海军部接到命令后,次长陈绍宽随即率舰来象山港实地勘察,做筹建军港、军校的准备工作。

1925 年 3 月 12 日,孙中山不幸逝世,建象山军港、办军校事务随之搁浅。

1930 年 4 月,陈绍宽随蒋介石赴奉化溪口扫墓。陈绍宽向蒋介石面陈孙中山提议在象山港筹建军港、军校计划及测量详情,蒋介石表示赞同。陈绍宽说第一期工程需款 100 万元。蒋介石应允返京后由财政部拨支,并委托专员来象山港设置工程筹建处。1930 年 7 月,海军部通令各省市教育厅筛选海军军校学生,在新校未建成前仍在原校读书。翌年四月,经蒋介石批准,拨款海军部在象山高泥村设象山军港管理处,兴建校舍、码头等设施。

1930 年 10 月 12 日夜,陆杏生、俞户法等 20 余名土匪闯入军港管理处,绑架茅泽霖等管理人员,刀伤财政科负责人鲍生才,银洋财物被抢掠一空。同月 26 日,宁波、舟山水陆军警队及象山县保安团奉令赶往黄避岙、西泽一带搜剿,营救出被绑架的茅泽霖等人员,捕获土匪陆杏生等人,就地正法。因社会治安不靖,建军港、办军校之事不了了之。

## 七、选址高泥

高泥的地理特征和交通便利性,决定了军港的选址。

高泥山系珠山向西延伸余脉,由主峰得名。东西走向,东起东岙弄连马岙山,西尽象山港,长 6.5 公里;南临西沪港,北靠黄避岙平原,最宽约 3 公里。主峰高泥山,又名黄大山,海拔

289.2 米。北有狮子山,西北有陈岙山,西南有凤凰山,东有鲁家岙、燕子山(庵基坪)、虎头山、高墩洋山、糯米山尖、上蒋山、凤凰山、庵基山诸峰。

西沪港位于象山港中部东南侧,口小腹大,形似罂湖,是一个封闭形港湾。西沪港由水域和滩涂组成,内港有陈山港、山下港、墙头港、桃湾港、上拦港和下拦港,港畔有虾平挽、洋北挽、黄溪挽、长挽、水底挽、高挽、烂挽和大涂 8 块滩涂,计面积 330 公顷,水域面积 1800 公顷。高泥港是西沪港入口,长约 5 千米。两侧均是 250 米左右的高山,港狭窄,宽仅 1.5 千米左右,水深在 10 至 37 米之间,可航千吨级船舶。

港内风平浪静,潮流属规则性半日潮,涨潮流由西向东流入港内,落潮流则由东向西流向港外。港区属亚热带季风气候,雨量充沛,气候温暖湿润,光能充足,热量丰富,港内水流缓慢。

高泥自古是海路交通要道。《蓬岛樵歌》注:西塔和东塔对峙,东塔隔山为高泥,近西塔,两岸对渡,一苇可航。从高泥古埠头到奉化樟下潭,是去宁杭的必经之路。

民国《象山县志》载:清光绪年间,象山有小轮渡,可至宁波江北、台州和宁海,初泊高泥。后因渡人载货,通本县之西泽、黄溪、墙头和长礁等处。高泥是战略要地烽火堠。

## 八、建港史实

光绪三十一年夏(1906),宁绍台道①张鸿顺视察象山,停轮高泥,邀人访问而条陈数百言。

《拟暂行海军章程》载:"巡洋舰七艘,应择相宜军港以为海军根据地……兹拟暂就浙江象山县属象山港,订为暂用军港。"其中"修建军港经费"略数约计银 200 万两,主要分两部分:一是港身修浚、港口培补、港岸开辟和海军廨舍、公所、营房修建,以及建造 6000 吨以上二等巡洋舰石船坞一座,约计银 100 万两;二是建造守港海岸炮台、后防陆路炮

---

① 宁绍台道,清朝行政区划名。雍正四年(1726)置,治宁波(今浙江宁波市)。辖宁波、绍兴、台州 3 府。道光二十三年(1843),增辖定海直隶厅(原属宁波府)。民国初废。张鸿顺,直隶安肃人,曾任湖南候补道,为两学堂总办。

台台垒工程和购置炮械,约计银 100 万两。

《筹拟兴复海军密折》称:"惟查有浙江宁波府属之象山港……拟暂择该处建港,为舰队收泊之区。所有应设之厂坞、炮台、码头局,所及衙署、操场等项均随宜布置。并于该港设立海军学堂,收考学生,分授各项专门学术,附设练勇学堂,教练水手兵丁。"

《清实录·光绪朝实录》载:"(1907 年 9 月 8 日)拟添购三四千吨穹甲快船数艘、炮船二十余艘、练船一艘,并筑浙江宁波府属之象山港,以便各船收泊,共需开办经费一千五百万两,常年经费一百五十万两。"

《清史稿·兵·海军》载,海军部预筹宜建军港,认为四区港湾中"惟象山港、三都澳确定为修筑军港之地"。

1909 年 7 月 9 日,《善耆等奏请画一海军教育、统编舰艇、开办军港整顿厂坞台垒折》称:"并就浙江之象山,设枪炮练习所,附以练勇队水雷练习所,附以雷勇队。""海军根据地择适中之浙江象山先行开筑,除建灯塔、设浮标等,应就海关船钞项下动支外,拟先将海军办公处所演武厅、操场、靶场、瞭望台、旗台、架炮台、仓库、码头、医院、枪炮鱼雷练习所、练勇雷勇营房、修械厂等,即行建设;并购置浚港轮剥等项机船,布置粗完,舰艇即可湾泊。至现需开办经费约银八十万两常年约银十六万两。此择定军港以为海军根据地者也。""制造厂、船坞为海军命脉。近象山港择地兴建,以资联络。"

1909 年,《东方杂志》转载海军大臣制定的《分年筹备军港事宜》主要内容:"第一年测定各洋军港。第二年筹定建筑军港工程及建筑设备经费。第三年修筑港口、炮台、船坞各工程。第四年各军港港口、炮台、船坞工程完竣,购备军港、炮台、炮位、船坞造制机具。第五年炮台、炮位、船坞制机及军港内煤厂、汲水井、衙署、营房、马路、照海电灯、无线电机、防海各具、港口预备材料设备完全;筹定军港经常经费。第六年设置军港海军官缺,建立各港司令部;筹建运输铁道及专运航道。第七年军港官兵员缺设备完全,开办运输铁道、航道。第八年各运输水陆各道及军港未尽事宜一律设备成立。"

1909 年 8 月 14 日,载洵等奏请辟建象山军港并顺道考察各省海军事。获准后,即于 8 月 26 日乘海圻巡洋舰南下"遵旨进行辟港典礼"。

《筹办海军大臣载洵等为复陈辟建象山军港巡阅海军大概情形事奏折》称:"十七日,仍乘海圻前赴浙江。十八日至浙属定海厅,晤闽浙督臣松寿、浙江抚臣增韫,会商辟港礼节及海军应办事宜。十九日,偕同至象山港西湖湾举行辟港典礼。""是日凌晨,奴才等乘海圻先发,并令海琛随行同赴。该湾所有船舰,各认浮标下椗,悬挂满旗。午时初刻,奴才载洵督饬船员摇旗为号,岸上司理埋药之人即燃烧炸药,轰破岸边土石,以示动土之意。是时,湾内各船舰,其已设礼炮者,均鸣炮二十一响申贺。迨炮声停止,奴才载洵敬祝大清国万岁、皇上万岁、军港永久。所有在船人员,自该省督抚臣以下至弁目兵役,均随声致祝。礼成,奴才等即拜发电折,请由军机处代奏,当蒙圣鉴。计是日随同祝贺之船舰除旧式水师炮艇及民船不计外,共有兵轮二十四艘,绅商士庶来瞻典礼夹岸观者如堵,欢声雷动,加以是日风和日丽,景象倍形佳胜。""是日午刻礼成,督臣松寿、抚臣增韫先行分道回省,奴才等仍乘海圻顺道阅视闽属三都澳。""初三日。由苏杭甬铁路前赴杭州,与抚臣增韫会商布置军港事宜。"

据民国《象山县志》：宣统元年(1909)辟为军港,载洵贝勒乘兵驻节高泥,随员萨镇冰,以及督抚提镇俱至,贡生蒋黼总办建港事宜,合县工商开欢迎会。一时港中纷集大小轮船四十余艘,帆船不计其数,观者如堵。后一军舰停泊港中,筹备事宜。

民国《象山县志·史事考》载:"象山《谨记簿》:七月奉准高泥海涂开作海军军港。洵贝勒与萨军门为海军大臣,至高泥祭港兴工。十九日,官绅商学民人敬献颂词。"按常例,象山绅商学界设会欢迎载洵等人,并献颂词。9月6日,《申报》刊《预备欢迎海军大臣志盛》可为侧证:"定海近闻洵萨两大臣等会勘军港,将次抵定,文武员弁极形忙碌,绅商学界预备在天校桥场特开欢迎大会……刻下道头一带,冠盖如云,颇为热闹,城中铺户,各悬灯结彩,以表欢迎。至高等小学堂学生,届时亦赴码头排队恭迎云。"

9月27日,《筹办海军大臣载洵等为复陈辟建象山军港巡阅海军大概情形事奏折》称:"奴才等公同商酌,象山港全港均须划入军港地段惟目前船舰无多,经费未裕,宜先从西湖湾入手建立初基,从此逐步经营,以成完全佳港。""将来象山军港内必须另建大船坞,届时奴才等自当详筹布置,将大沽、福建、上海、黄埔已有之厂坞及象山港内拟设之坞通盘筹划。""容俟象山军港设立海军学堂后,再由奴才等妥筹划一之法请旨办理。"席间有献颂词者,即以温词答谢,并宣明朝廷建设海军,无非为御侮图强起见,各绅商学界闻之,传播闾里,民情益为振奋。10月4日,《度支部奏筹拨海军开办及常年经费折》称:"预算开办经费内,拟辟建军港、设立学堂及各项厂所等费,共需银一百五十万两,请本年先拨给五十万两,余一百万两俟明年再行拨给。"

## 九、军港主议者

萨镇冰(1859—1952),回族,福建福州人,近代著名海军将领,担任过清朝海军统制、民国海军总长等要职。辟建象山军港是经过反复论证后决定的,萨镇冰为其关键主张者。《奏请以象山港为军港折》称:"现统南北洋海军广东提督萨镇冰,亲往巡视。萨镇冰曾至港中勘验,盛称其口势纡长,众山环峙,至谓威海、旅顺港澳显露,故敌炮可捣中坚,不若象山港深藏可守云云。"萨镇冰早于意大利索租三门湾时,随叶祖珪率重建后的北洋舰队南下御敌,对浙东沿海地理形势有所研究,后又实地勘察象山港,认为宜建军港。

姚锡光(1857—1921),字石泉,号石荃,江苏丹徒人。清光绪十四年(1888)举人,先后任内阁中书,安徽石埭、怀宁等县知县,莱州、直隶州知州,常与北洋将领考察天津、大沽等地海防,曾任山东巡抚李秉衡、两江总督张之洞幕僚,历任陆军部左丞、右侍郎,弼德院顾问大臣,校阅五六两镇兵队大臣,管辖兵队大臣,验看月官大臣等中枢要职。《筹海军刍议》称:"三说既具,先是,海军议起,电召萨提督入都议上游当道益待提督决焉。五月提督至,乃属锡光就议于贵胄学堂,议未决冰问答别具。越日,锡光往私焉,讫不得要领,提督旋辞去。……锡光乃本斯旨,牵合以成编制,时已六月初旬矣。此最后所陈海军暂行章程是也。"《筹海军刍议·拟暂行海军章程》载:"拟故就浙江之象山港置小军港所(本萨提督议),仍须次第派员详细履物,令具图说各自报告,总汇众说,详审利弊,再行订定。"姚锡光虽然是确定建造军港的关键人物,但并不认同辟建象山港。他未在《拟就现有兵轮暂编江海经制舰队说帖》等三说帖中将象山港列入辟建军港计划。经过萨镇冰提议,姚锡光将辟建象山军港列入《拟暂行海军章程》,留"暂置""舰队如拟扩充,军港尚须另择"等批语。

爱新觉罗·奕劻(1838—1917),满族镶蓝旗人。乾隆第十七子庆僖亲王永璘之孙。光绪十年(1884),担任总理各国事务衙门大臣,进庆郡王。光绪二十年(1894),被慈禧封为庆亲王。光绪二十四年(1898),成为铁帽子王。光绪二十六年(1990),和李鸿章代表清政府与八国联军签订《辛丑条约》。奕劻是建造军港的制定者。1907 年 9 月 8 日,奕劻《筹拟兴复海军密折》称:"现在密为计议,复于提督萨镇冰再三筹商……惟查有浙江宁波府属之象山港拟暂择该处建港,为舰队收泊之区。"

### 十、建港事宜

军港建设,事体繁多,尤其前期配套,除"祭港"与"征地"外,还做了以下工作:一为后勤保障,开办军港屯垦事务。1909 年 9 月 15 日,《申报》刊《开办军港屯垦事务》云:"现增抚已于前日特派翟令鸿护赴甬,会同程统领办理象山军港屯垦事务。"10 月 1 日,又刊《预筹海军屯垦办法》云:"兹闻帮办海军事宜之程璧光统领及抚委翟鸿护大令,日前先后抵甬,谒见当道,于初十乘坐新宝顺船前往南田,会同该处垦务委员田令详细履勘,有无荒地堪作海军屯垦之处。"翟鸿护熟谙南田形势,早于 1905 年至 1906 年间与萨镇冰所派飞鹰猎船管带黄钟瑛覆勘南田。二为交通运输,勘查军港路线。1909 年 11 月 13 日,《申报》刊《委勘军港路线纪闻》云:"象山县胡大令近奉浙路公司来电,谓现派候选道徐骝良往勘自宁波至象山港草线……兹闻该委员于日昨已向高泥进发,大约二三日可以毕。"浙路公司主要为兴筑浙江铁路而设,而徐骝良则是近代铁道专家,与詹天佑齐名。1910 年,浙路风潮《浙路代表、旅京绅商废章保律公牍》云:"沪杭甬线居长江下游,象山军港所在。"1912 年 12 月 25 日,《申报》刊《甬路开车志盛》云:"又云俄之西比利亚铁路为极东军港

而设,今象山军港亦为最要地点,由此进行即为我浙军行铁路之先声。"军港铁路初为浙路计划考虑,将象山港至宁波段划为专用干线。《武昌起义前后在华日本人见闻集》述及"海军专用干线到军港之铁路,由陆军部、海军处分别勘查",议定军港铁路杭州至宁波段为借用。《调查军港报告书》称:"查我国铁路计划,其东大干线系延长杭沪铁路逾宁波以迄福州,其支线亦拟接连衢州并达象山。"三为通讯联络,添设军用电线。1910 年 7 月 8 日,《四明日报》刊《象山军港添设军用电线之计划》云:"去年洵贝勒勘得象山港内之西湖湾堪作军港,即咨请邮传部添设军用电线……须跨象山港,较为周折,不如由宁海通往,均系旱线,共线路一百五十二里,虽绕道数十里,安设较易,且修理亦易为力。昨已禀部请示办理矣。"四为人才培养,建设海军学校。1909 年 10 月 14 日,《申报》刊《组织水师学堂之先声》云:"海军王大臣前次南下查阅军港,后拟于象山开辟军港。兹该处绅士李厚祐等议就公立益智学堂,改为水师学堂,以为培养水师人才之地。目前呈请抚宪奏咨立案矣。"李厚祐,镇海人,为当时宁波帮领袖人物之一。《清实录宣统朝政纪》载:1910 年 6 月 20 日,"筹办海军大臣贝勒载洵等奏:世爵报效府第地段,恳赏收拨建海军学校。依议行"。海军学校另择他址。

## 十一、军港大事记

光绪三十一年(1906)夏,宁绍台道张鸿顺视察象山,停轮高泥,邀人访问而条陈数百言。

宣统元年(1909)辟为军港,洵贝勒乘兵驻节高泥,随员萨镇冰,以及督抚提镇俱至,贡生蒋

黼总办建港事宜,合县工商开会迎会。一时港中纷集大小轮船四十余艘,帆船不计其数,观者如堵。后一军舰停泊港中,筹备事宜。

宣统三年(1911),收买高泥民宅田地,甫完,革命军兴,总办曹公挟公款遁去,唯高泥土地尚未入官产局中标卖,尚归国有。至民国,建造军港已无过问者,只是收租税而已。

1916年8月24日,孙中山偕胡汉民等一行,从宁波乘军舰视察象山港和三门湾,返京之后向国会提议将象山港列为军港,拟建海军军事学校。海军部接到命令后,次长陈绍宽随即率舰来象山港实地勘察,做筹建军港、军校的准备工作。

1925年3月12日,孙中山不幸逝世,建象山港军港、办军校事务随之搁浅。

1930年4月,陈绍宽随蒋介石赴奉化溪口扫墓。陈绍宽向蒋介石面陈孙中山提议在象山港筹建军港、军校计划及测量详情,蒋介石表示赞同。

陈绍宽说第一期工程需款一百万元。蒋介石应允返京后由财政部拨支,并委托专员来象山港设置工程筹建处。

同年七月,海军部通令各省市教育厅筛选海军军校学生,在新校舍未建成前仍在原校读书。翌年四月,经蒋介石批准,拨款海军部在象山高泥村设象山军港管理处,兴建校舍、码头等设施。

1930年10月12日夜,陆杏生、俞户法等20余名土匪闯入军港管理处,绑架茅泽霖等管理人员,刀伤财政科负责人鲍生才,银洋财物被抢掠一空。同月26日,宁波、舟山水陆军警队及象山县保安团奉令赶往黄避岙、西泽一带搜剿,营救出被绑架的茅泽霖等人员,捕获土匪陆杏生等人,就地正法。因社会治安不靖,建军港、办军校之事不了了之。

1954年5月,中国人民解放军总司令朱德乘兵舰视察象山港。同年八月,舟山基地海测舰派人测量绘制地图,不久在墙头镇下沙村动工兴建西沪港海军基地。历经三年,基地建成。海军某部随即进驻西沪港,驻防至今。

摘自:《象山乡村记忆》

# 横里村的故事

1940年7月,日本侵略军在象山空投大量霍乱细菌,横里村一人得病回家,家人邻居迅速被传染,全村人心惶惶,纷纷外避。

保长沈风旄不顾危险,为病人施针挑治,也感染身亡。当时村里人天天哭得死去活来,送丧埋葬,无人抬棺。这场浩劫,令一个七八十户的小村被夺走了六七十条人命。

同一年,村民沈抱泰等八人到梅山岛做生意,船行至象山港口时被日军发现并抓捕,后被活活烧死。日寇暴行乃国恨家仇,横里人民刻骨铭心。

资料提供:沈旺武

# 风俗习俗

# 典　妻

　　"典妻"这一陋习现今是不存在的,但是在以前可以说是一种时俗,旧社会时期这一陋习也曾出现于黄避岙乡。何谓"典妻"?"典妻"又称"承典婚""借肚皮""租肚子"等,指的就是借妻生子,为旧社会买卖婚姻派生出来的临时婚姻形式,与现代社会"借腹生子"有着不少相似之处。这种典妻后来竟然成为一种民俗,实在是人类发展史上最大的耻辱。近读《典妻史》,其作者叶丽娅女士竟然是外国人,她撰写的这部《典妻史》,从古老的典妻俗制剖析了中国古代文明深层本质的一个侧面。

　　"典妻"习俗,对女子有着毁灭性的打击,古代的女人,除了青楼女子或偷情女子,一生之中极难与第二个男人发生肉体关系,女子的贞洁,历来受到封建礼法的严格要求,"典妻"无疑是对这种礼法的严肃挑战。更难想象的是,在漫长的封建伦理纲常之下,明显与此背道而驰的"典妻"习俗,竟然冠冕堂皇地与之并辔前行。

　　"典妻"对于女子来说显然是屈辱性的,而当这种屈辱被所谓的风俗堂而皇之地踩在脚下,不难想象,在这种屈辱之下女子的心理肯定会发生变化,逐渐将贞节看淡看轻。

　　战乱、贫穷是导致古代女子委身走向"典妻"的根本原因。丈夫战

死,妻子无法生存,更无栖身之处,或因丈夫贫穷,根本无力养活妻子,娘家又回不去,怎么办?唯一的生存之路就是把自己租典出去。自古女子不愿嫁给穷汉,有人甚至宁做小妾也不嫁穷汉,穷汉在走投无路之际通常会使用"绝招"——典妻。"富人典业,贫子典妻。"被典者家庭往往经济贫困,丈夫或因病或因不务正业等无力维持生计;而受典者往往已婚无子,家财富足,需要子嗣。于是两个男人一拍即合,为满足各自需求而租典妻子。是否租典一般由丈夫决定,有时候甚至不需要征得妻子的同意。但也有丈夫长期外出不归,妻子生活无着而自典者。也有因赌博而穷困潦倒的丈夫,其租典妻子一般由丈夫做主。无论是哪种情况,当时的女性的命运都是悲惨的。受典者往往由于其妻子不育无出,征得妻子同意便去典妻借肚皮,以为子嗣;也有富家因妻子凶悍,男人不得纳妾而典妻的;更有娶不起妻子的单身汉为贪图享乐而典妻的。

据研究,典妻萌芽出现在南北朝时期,那时还不叫"典妻",叫作"质妻"或"雇妻"。所谓"质妻",就是把自己妻子转让给他人为妻以换取钱财,但这笔钱财到了约定的时间是要归还的,如同明清时期典房一样,转让者得到的只是这笔钱款的利息而已,在被迫无奈的情况下,转让妻子者也会拿这笔钱救急。领回了妻子,原款就得送回。

把自己的妻子当作器物一般出租给别的男人的陋俗,早在宋元时代就有了。元代时典妻之风已大盛,故统治者不得已而明文禁之。元世祖时,有大臣王朝专门为此典妻陋习上奏,奏请给予禁止。

典妻之风虽经元代统治者力禁,但并未真正革除,到了明代依然盛行。于是清代的法律也特别对此设条。《清律辑注》中载:"必立契受财,典雇与人为妻妾者,方坐此律。今之贫民将妻女典雇于人服役者甚多,不在此限。"可见典妻之风非但不减,且人数甚多。为了区别对待,因而制定了相应的政策。

典妻虽说是一种临时性的婚情方式,却也很是讲究仪式的,一般要经过媒证、订约、送聘、迎娶等环节。所谓"媒证",乃是典妻的中间介绍人,或受男方所托,或受女方所托,将受典双方接上关系,并充当证人的角色。媒证在订立典妻的契约上需出具证明,若有差误,媒证是有责任的。

一般典妻均需经过订立契约的过程。契约主要写明出典妻子的时间期限、典租妻子的租价及备注事宜。一般租为1至2年,典为3至5年。典租价以妇女的年龄大小、典租时间的长短而定。

对承典的人说来,对所典的妇女也是要提出条件的,比如必须具备生育能力,出典期间不得与原来丈夫同居。苛刻者还要求其在出典期不得回家照看自己的孩子等,并将这些要求写到契约中去。出典者在有的地方从新夫住,吃穿均由新夫负责,有的地方则住在自己家中接待新夫,而让原夫避开。

契约对妇女来说无疑等于卖身契,契约一旦成立,被出典的妻子就得供人玩弄,为人生育,最后还得与自己所生之子女骨肉分离。

典妻中的送聘完全是象征性的。受典者往往在订立契约后象征性地送点东西给该妇女,如头巾、衣服等,也有送玉器戒指的。所送的聘礼又将由该女子戴上穿上,然后回到受典者家中。

凡受典后住入受典者家中的,一般都行迎娶之礼,要择吉日迎娶。

迎娶常在夜间,由受典者出花轿迎典妻回到家中。不少地方典妻人家后要举行一定的仪式,要宴请宾客族人。在浙江武义一带,受典者家要在祠堂里摆上香火,设宴请族长、房长及长辈参加,取得他们的认可。有的还要敬治薄酒谢媒证。不过也有不少地方是不举行什么仪式的,抬进屋后就同居了。金华一带因典妻不赴受典者家中居住,故仪式概免。由典者到出典者家姘居。典妻中的礼仪主要并不是为了尊重出典者,而只是便于未来的儿子博取正名,以取得社会的承认。

毫无疑问,在"典妻"之中被典出去的女子,其身体和心理上都是备受屈辱的,但是毫无办法,也只能接受。一般来说,能够典得起妻子的人家,都是富贵之家,典来的妻子等于从糠箩跳到了米箩,生活顿时就会好起来,女人"嫁汉穿衣吃饭"的目的也就达到了。尤其是社会上对于被典的女子并不像对偷情女子那样歧视,时间长了女子的羞耻感也就逐渐消失了,在这种羞耻感消失之后,典妻的期限也差不多到了。这之中有很多女子不愿意再回到原来的贫穷丈夫身边,明清时代就有很多女子直接进了青楼,但都是姿色比较好的,更多姿色稍差的,不得不回到原来丈夫的身边,但是这种身体回来而心却在雇主身边的女子比比皆是,所以这些女子的命运也就相对更加凄惨。

典妻之外,又有雇妻,即将妻出租,按期收取佣金(租金)。典妻、雇妻与卖妻的不同之处在于,其妻是暂被别人占有,而非永离。典妻、雇妻者多处于下层社会,因饥馑贫病不得已而为之。典雇他人妻子者,往往以生子为目的。其俗起于宋、元,尤流行于江浙一带,封建王朝曾以法律加以禁止,无效,乃采取听任态度。现代作家柔石的小说《为奴隶的母亲》,所述即浙江农村一典妻故事。

整理:蒋逸民

# 请"团箕姑娘"

　　相传大林村的年轻姑娘们在每年的农历七月初七日都会有一个请"团箕①姑娘"的信仰活动,这个活动盛行于明清、民国年代,但是在中华人民共和国成立后,随着人们传统意识的淡薄以及观念的改变,很多村民都不记得有这个习俗了。

　　请"团箕姑娘"既是一种信仰,又是一项游艺活动。每当农历七月初七日晚上,年轻的姑娘们都会事先准备好所需的用具,并用水桶在附近的优质水井里抬来一桶甘甜的水,以此来表示请来了"水井姑娘"。然后在水桶边挂上一面铜锣,大家推举四个年轻且美丽的花样少女,手中各执一根竹筷,分别在四个不同的方向席地而坐,用竹筷把一面团箕平托起来,团箕的周边用线吊系着一把烙铁,团箕边上烙铁的位置应与水桶边上的铜锣挨紧。最前面的一位提着红灯笼,最后面两位手抬着正中穿插一根竹针、盖上红头巾充当"轿子"的"杭州饭篮",前往农田请女神——"田角三姑娘"。姑娘们来到一垅三亩大的麦田,在西南角停下来,用火柴点上一炷香插在田角泥土上,先由"童男"向田角跪拜三个响头。紧接着是下面一段

---

　　① 团箕,读音 tuán jī,汉语词汇,释义为簸箕,用竹篾、柳条或铁皮等制成的扬去糠麸或清除垃圾的器具。

对话。

姑娘甲："一姑娘在吗?"

姑娘乙："不在。"

姑娘甲："二姑娘在吗?"

姑娘乙："不在。"

姑娘甲："三姑娘在吗?"

姑娘乙："在哟! 你要找她做啥?"

姑娘甲："我要请她吃喜酒和看红灯。喜酒就要散了,红灯就要熄了,请三姑娘快快上轿!"

众人合："喜酒就要散了,红灯就要熄了,请三姑娘快快上轿!"

然后灯笼开道,两位姑娘抬起"轿子"紧跟在后,"童男"和另一位姑娘在后压阵,急步疾走,不准说话,直奔宅村大客堂。里面一群男女老少正等着。大客堂的屋中央放着一张红漆"八仙桌",桌上有一个竹编的铺满雪白糯米粉的"团箕",周围挤满了人。见到"三姑娘"进来,大家纷纷让道。抬"轿"的两位姑娘一东一西,相对而立在"八仙桌"两旁,各伸出一只手,用食指掂着"轿"相对的两处边缘,让"轿"正中的竹针底触在"团箕"里的糯米粉中间。

这时,主持人宣布请"团箕姑娘":"岁末甫至,鸿气东来,怎奈,云山遥远,不得听教于君,以叙渴仰之思,今,虽天各一方,每思之点点滴滴,忆之丝丝缕缕,无不感慨万千,君乃人中龙凤,义薄云天,国士无双,在此新年到来之际,祝君否极泰来,重申鲲鹏鸿鹄之志,惜时勤业,展望天地日月之光……"并祈求"团箕姑娘"的烙铁旋圈敲打水桶边上的铜锣。接着,四个少女的筷子旋动起来,灵验的团箕(姑娘)也随之旋转,系挂在团箕边上的烙铁也随

势而动,当团箕和烙铁旋转近水桶边上,随线而动的烙铁尖也就碰到了水桶边上的铜锣,随着一圈、二圈、三圈……烙铁尖与钢锣也碰敲了一下、二下、三下……直到团箕停下来。计算烙铁与铜锣碰敲的次数,刚好与主持人许诺的次数等同,围观的男女老少个个拍手称好。接着有个活泼机灵的姑娘,跳出来要请"团箕姑娘"猜猜她的年岁,经她焚香祈告,"团箕姑娘"又徐徐转动起来,一圈、二圈、三圈……直到烙铁敲打了与姑娘年纪相符的记数后,"团箕姑娘"就会停下来,全场人群更加兴高采烈,游艺活动进入高潮,有人问道:"三姑娘,今年的棉花收成怎么样?"于是,"轿子"在两位姑娘手指的对掂下,顺其自然地左右移动,在糯米粉上画出了一朵硕大的棉花。又问稻子:"怎么样?""三姑娘"画出一枝稻穗;然后,又画出麦穗、高粱穗、玉米棒、花草树木等,问啥画啥。最后,有人按着"童男"的肩膀问:"三姑娘,这位向您跪拜,请您到这里来的男孩叫什么名字?"只见"轿子"左右前后移动,在"团箕"里的糯米粉上写出了三个龙飞凤舞的空心连笔大字:顾忆人。最后再由原先的5人提着灯笼抬着"轿",把"三姑娘"送回原地。

由此看来,请"团箕姑娘"是个很神奇、有意思的民间活动。有点类似"碟仙""米卦"这样的占卜。不管是不是迷信活动,至少是图个喜庆,讨个吉利,有着期盼丰收之意。

摘自:《甬上风物·黄避岙乡》

# 隔壁捣麻糍

从前,有对老夫妻坐在灶膛边闲谈,谈着,谈着,老头觉得肚子饿了,就说:"老太婆,肚子饥啦,好去煮饭啦!"老太婆说:"你没听到隔壁在捣麻糍。"于是老两口等着,等着。一直等到天黑,肚子直饿得咕咕叫还不见隔壁送麻糍过来。老太婆等不及了,起身对老头说:"老头,等隔壁麻糍送过来叫我一声,好给我吃点。"随后就去睡了。灶膛边只剩下老头一个人,又无人跟他说话,他便打起了瞌睡,头一扑一抬的,不小心把头上的帽子掉到灶膛里,老头将满是灶膛灰的帽子捡起,在灶膛凳上

拍了起来,这时正好被未睡熟的老太婆听到了:"老头,麻糍送来了你自己吃,不叫我声,你真坏。"老头说:"没有,我的帽子掉到灶膛里,我在拍灰。"就这样"隔壁捣麻糍,夜饭不用煮"的说法一直流传到现在。

资料提供:姚志全

# 七月初七洗头

　　在横塘村里,用苦槿树叶洗头是七夕的习俗之一。女人特别是年轻姑娘喜欢采摘苦槿叶浸于水中,用其液浆洗头发,据说这样不仅能使自己年轻美丽,还能让未婚女子尽快找到如意郎君。用苦槿叶洗头头不痒,不仅不长头皮屑,闻起来舒适清香,还能保持头发一年都是乌黑的。现在虽已被香皂、洗发露等代替,但每到七月初七,这里还有相当数量的女人仍旧喜欢用它洗头。

摘自:《甬上风物·黄避岙乡》

# 求　雨

　　求雨,亦称"祷雨""祈雨"。从前农民靠天种地,每逢旱年,人们便向龙求降雨。据《龙山张氏宗谱》记载,龙屿求雨始于明洪武三年(1370),时年入秋大旱,有一村人经龙潭,遇一白发老人说:"年成蛮好,今夜有大水来,各自准备去吧!"话音刚落,眨眼间不见老人身影。到了傍晚,果然下起大雨,田里和河里水都满了,大家以为这是老龙化雨就去祭拜龙潭。从此,凡遇旱灾,远近百姓云集,甚至县官老爷也来龙潭求雨,延续至今已有六百余年的历史了。1953年又遇秋旱,数百人去求雨,政府出面阻止,引起冲突。此习俗就停止了。

　　求雨时数村联合,仪式十分隆重。先在村口龙王殿抬出龙王菩萨到三角街曝晒三日,全村戒斋素食。然后结集村民数百人上南山捣臼坑龙潭请"圣",队伍以大纛为前导,随后抬着龙王菩萨、神位座轿及花鸟工艺品,乐队按村排列。大队人马以十番锣鼓吹打为领队,浩浩荡荡地向龙潭进发。所有村人都走出家门,找个位置观望,沿路人头攒动,真是万人空巷。求雨大军人人执一小旗,不准戴帽撑伞,只准穿草鞋、蒲鞋,虽然天气炎热,但人们激情高昂。行至捣臼坑门口,由四个身强力壮的优秀青年陪同道士下龙潭,四人各占一方位,道士燃烛奉香置于八仙桌上,念咒祈祷,用锣从龙潭中兜一生物,称之"龙圣"(其实是鱼蛙、虾蛇之类,最上品为池鳗),置于净瓶之内,开始放炮仗,迅速恭迎返回。途经村庄,一概由族长迎送,如经县城,则由县令迎送,若大纛经村里遇大树枝或其他建筑物不能直立通过,应立即将其拆除。迎送队伍经数十里绕了个圈子,迎回"龙圣"供之棚内"龙座",派数人日夜轮流护守,众人顶礼膜拜。如此直至降雨为止,遂将"龙圣"护送回龙潭,并邀请戏班子演上三日三夜,称作"谢圣戏"。

摘自:《甬上风物·黄避岙乡》

# 建房上梁

上梁是黄避岙当地民间建房中最重要的一件事,在传统的农业社会中,造房是一个人终身的夙愿,积累了毕生心血,为自己构建居住之地。因此造房者必须谨慎,严格按照祖宗的习俗一丝不苟地行事。此俗代代沿袭,延续至今。随着时代的发展,建房习俗在原来的基础上也有所发展。

上梁需择日子,并选涨潮时刻,且应与当家人生肖不冲,若有生肖相冲的人亦须回避。上梁一般在卯时(早上 5 至 7 时),梁的左右挂红布,叫作"披红"。柱子贴对联,如"秀水绕门蓝作带,远山当户翠为屏"。横批为"紫气东来"。由主持建房的木工师傅口诵成套的吉祥辞令,派两人攀梯抬梁,谓之"步步高升"。至脊,梁落毕,放爆竹,木匠师傅抛馒头,双手捧馒头,手心向上,向上抛起,馒头落下,由东家出被毯,四人执一角拉开成网状,下面众人在被毯里抢馒头。还有糖果,寓意生活蒸蒸日上、甜甜蜜蜜,产业蓬勃大发、红红火火。同时,东家向来贺喜者分发大馒头两个和小糖两包,给木工赠送红包,给亲朋好友送礼,屋主宴请亲朋好友和工匠,谓之竖屋酒家造屋,邻近屋顶盖以旧镶,或以竹竿高悬米筛,以防拔走"风水"。

摘自:《甬上风物·黄避岙乡》

# 撮纸阄

撮纸阄是一种传统的分配方式，以前流传较广，起源年代无法考证。清朝乾隆年间，龙屿纠集十六柱（十六股份），新筑大生塘，塘筑成，各柱应得土地难以分配，争论不下，即以"千字文"做纸阄定论，因此至今龙屿村还保存着天字号、洪字号等田畈名。随着时代的发展，分配内容和纸阄的形式有了新的发展。但此习俗一直延续至今。

撮纸阄，亦称"撮阄""抓阄""拈阄"，是农村中分配物资的一种传统方式，难以分配时，以标有记号的纸团，让分配对象随机各取，以此来做决定。此习俗盛行于 20 世纪六七十年代，那时物资紧缺，凭票证购物，供不应求，常因分配不均、不公而发生矛盾。故生产队里常行撮纸阄方式化解矛盾，称碰运气，参加者绝不能后悔，所谓童叟无欺。如上级分配给村里一辆自行车、一台缝纫机，这些东西只能分给两个生产队，于是村主要领导将各生产队队长请到村委会,用十二张同样的白纸,其中一张写着"自行车",一张写着"缝纫机",十张空白纸,折起来后让十二个生产队队长当面撮阄。两个撮到物品的队长,又到各自生产队召集户主会议,用同样的方式,分配落实到户。这是生产队里分配大物件的撮纸阄,较常见的如分配番薯、洋芋艿、鱼类,甚至柴草等小事。虽每户都可分得,但亦要撮纸阄,排次序。因此人们戏称,"千硬万硬,撮纸阄最硬"。其实这种方式十分不合理,于20世纪80年代后逐渐绝迹,现在的年轻人一般不知以前还有如此落后滑稽的分配方式。

摘自:《甬上风物·黄避岙乡》

# 满月酒

满月酒,亦称"弥月酒",指婴儿出生后满一个月,为小孩办的满月酒宴,是当地的一种人生礼仪风俗。满月酒溯其源已久。南宋时当地张氏族谱就有此记载,沿袭至今。不过随着时代的发展,满月酒的内容及方式也有所改变。吃食越来越讲究,有家宴,也有到饭店举办的。有的还赠送婴孩衣物。

为婴儿做满月时,应预先将请帖发给众亲友,亲友陆续馈赠钱物以示祝贺。产妇娘家在婴儿出生前要送"催生衣"。物件包括婴儿出生要穿的各种衣服、尿布、小被子、一口钟(披风)及各类食品、补品。一般亲戚朋友送长寿面糖、鸡蛋等,补养产妇身体。主人家要摆酒设宴招待亲友,贴满月联,吃长寿面。酒席上,产妇夫妇和公婆要抱着婴儿(由婆婆抱,亦可由产妇抱)一一与亲朋好友见面,亲朋好友在见面时则要说吉利话,如生得漂亮则说"介难看"(不漂亮),皮肤白皙说成"介乌"(乌黑），"要像狗介乖"等。酒席结束，主人向亲友馈赠红鸡蛋，让亲友带回家与家人分享，现在还会送上小糖、蛋糕等，仪式颇为隆重热闹。

摘自：《甬上风物·黄避岙乡》

# 婚礼传袋

传袋亦称"传代",旧时民间婚姻风俗,流行区域较广,属一种婚礼仪式。娶亲人家在花轿临门新娘下轿时,以袋铺地,新娘踏在袋上走进婆家门。俗传新娘脚不能沾地,否则不吉利。五只麻袋,随着新娘的脚步,依序前传,故名"传袋"。"袋"与"代"同音,取"传宗接代"的吉兆,故又名"传代"。相传由唐朝的毡席、褥席铺地演化而来,而后代代延续。中华人民共和国成立后,为破除迷信,铲除陋习,此俗遂止。进入 21 世纪,人们发掘、继承非物质文化遗产,近几年偶有复延。

摘自:《甬上风物·黄避岙乡》

# 做　寿

　　做寿是当地民间古老的寿诞风俗,流行地域甚广,一般指为老年人举行庆寿的活动。据传做寿礼仪约在战国时形成,据《淳于髡传》载,髡对齐威王"侍酒于前,奉觞上寿"。而后绵延至今。随着时代的进步,做寿习俗的内容及形式都有所发展。如做寿的对象、做寿的规模、寿礼的内容、寿堂的设置、庆寿的仪式都有新的发展。

做寿,由于年龄、身份不同,做寿的规模和方式也不同。当地一般从五十岁开始,岁数逢十的生日,称寿诞。俗规为"女做十,男做九",即女性逢十做寿,男性六十岁以上逢九做寿。人活到六十岁以上,一般都是儿孙满堂。生日这天儿孙为老人举行祝寿活动,一般人家均邀亲友来贺,礼品有寿桃、寿面、寿联、寿幛等。寿桃被视为仙桃,寿面取绵长之意,寿联、寿幛均撰出吉庆祝贺之词。隆重的人家要设寿堂、燃寿烛。寿星着新衣,坐于中堂上方,接受亲友、晚辈的祝贺和叩拜。辈分不同,拜礼亦有别,平辈一揖,子侄孙辈则要呈拜。仪式完毕,放鞭炮,开始举行寿宴,共饮寿酒,吃寿面。八十岁以上称"做大寿",仪式更隆重。另外,俗语云:"六十六,城隍老爷请吃肉。"意为过六十六岁寿诞时,需把由六十六块方块肉配佐料烧成的"红烧肉",以及六斤六两寿面等礼物奉上,则老人可顺利过此"坎"。五十岁以下的人举行的诞生日礼仪,一般称为"做生日"。如三十岁,女方父母多送上麻团表祝福,意为多子多福,便不能用寿桃了。对于小孩子来说,煮上几个红鸡蛋吃,也算过生日了。

摘自:《甬上风物·黄避岙乡》

# 衣冠葬

衣冠葬,指仅埋葬死者衣冠的一种葬式。其坟墓称"衣冠坟"。当地靠海,捕鱼为生的人亦多,海上遇难之事经常发生。当无死尸可入棺时,则以死者衣冠入葬,此俗起源已无法考证。据老一辈人指点,横里山上还有五至六座清代的"衣冠坟"。1942年,村里一人在定海遇难。1972年,横里村到西泽买猪的遇难者,其中一人找不到尸体。1999年,村里为捕鱼遇难者,皆做"衣冠坟"。此习俗至今还有延续。

实行此葬式有多种原因:或从小失怙,不知其所;或父游不归,寻觅无着;或亲人于战乱中、于大海中死亡,尸骸无法收集,需请和尚、道士,制作神具,于海边招魂。招魂时需有招魂幡,取青竹竿三支,上部留竹

梢带竹叶,并贴着长条白纸,上书黑字:君世矣,吾深痛,感龙王送魂归;千里吊君唯有泪,劝君骑鲸早归来;泣杖儿悲痛欲绝,深海苦狱不可留;等等。插于地。烧香虔拜,祷告天地神灵,放归遇难者灵魂。同时吟诵招魂曲(招魂曲由"屈原招魂曲"演化而来),程序繁杂,直待灵魂收归,将神具及衣冠等物葬于新坟,并立石载其生前之事,以示子孙传世。

摘自:《甬上风物·黄避岙乡》

# 立 夏

　　过立夏节是当地传统习俗之一,时间在农历四月间,源起何时已无法考证。明代时有"尝新"风俗,取地里的倭豆、蚕豆(罗汉豆)、软菜等,山里的竹笋,海里的川乌鱼及园子里的青梅等做成饭(小菜)吃。到清代有了"吃补食"的风俗,将部分新食加上好听的名字,还有吃茶叶蛋、红枣粥,称人等风俗。并忌坐地袱(门槛),以防疰夏等。风俗丰富而烦琐,人们却不厌其烦,一直传承至今。

立夏前晚,用砂锅煮茶叶蛋。做法:鸡(鸭)蛋一斤,放陈藻叶半两。放在镬中用猛火烧沸持续五分钟,再用文火煮二十分钟,然后焖三十分钟即可。取起,用编织好的蛋袋装入,挂于小孩胸前。小孩之间互相比蛋,拄蛋随后食之。挂蛋有个传说,在很早以前,瘟神贪睡,直至立夏苏醒,一醒就散布瘟疫。女娲闻之与之论理,瘟神无奈之下说出小孩若胸前挂蛋,可免瘟疫。于是,做父母的一清早就给自己的孩子胸前挂上茶叶蛋。随后孩子们玩拄蛋游戏,高兴一番后就把蛋吃了。

清早,上山下地采摘小竹笋、豌豆、青梅、软菜等,洗净,午餐备用,与家人分享。这里头颇有一些说法:小笋需整支的,据说食之脚骨能硬(即有力气);倭豆(即蚕豆)能壮腰补肾;软菜能不结热痱;青梅能明目;成人还要兑鸡蛋老酒。有俗语说"千补万补,不如立夏一补"。

上午称人,成人、大孩子双手握秤钩,双足离地;婴孩放在箩里称。秤锤只能从里往外捋(过去用的是杆秤,表示增加),称毕各自记住重量,以便与明年相比。

摘自:《甬上风物·黄避岙乡》

# 清明节

挂纸钱,又称"挂纸""插幡"等,旧时民间祭祀风俗,流行于江南大部分地区。每年清明节,家家户户祭祖上坟时,将纸钱悬挂于坟顶。此俗至今已有七百多年的历史。

清明前几天,人们从店里买来大张的纸,细心裁剪纸钱,剪出长吊金钱状,上部用红纸护紧,顶部穿上白线,即算完成。上坟时,各户的孙子及出嫁的女儿各将一串纸钱悬于小竹竿上,因此子孙多的坟头就插

有好多串纸钱。人们在清明上坟祭祖时,首先摆置供品,点香祈祷,然后清除坟上及周围杂草。坟头顶加土三畚箕。在坟头挂纸钱,这是必不可少的仪式。相传明代的洪武皇帝出身贫寒,父母双亡,无资买棺,只好将父母裹席草葬。后来做了皇帝,来祀父母坟。军师刘伯温告诫乡亲们在自家的坟墓挂上白纸,那留下来没挂的一座便是皇帝父母的坟了。当地还流传着"三月坟头飘白纸"(《十二月子字歌》)的俗语。后来人们认为阴界亦须用钱,故将白纸剪成钱状的连环花纹,称"纸钱",将"纸钱"挂在墓树上,又称"挂纸钱"。人们将"纸钱"用线缠于小竹竿上,插在坟墓顶部,成了"幡",故又称"插幡"。传说清明节之夜,阴界举行盛大的集会,还要背举"插幡"游行,故上坟祭祀必须"插幡",免得上代祖宗被阴界看轻。此习俗延续至今。

摘自:《甬上风物·黄避岙乡》

# 端午节

　　端午节,亦称"端五节""女儿节",是这里的传统节日,时在农历五月初五。此俗起源于楚国爱国诗人屈原。在初四日裹好粽子,待初五日早晨取出供于家堂菩萨面前,转祭屈大夫后分食,后来逐渐演变为女儿孝敬父母的节日。越到后来越讲究,端午节这日还要将菖蒲、整株艾蒿插在门口以祛邪,戴艾叶缠七色线防疾。端午也是做酱、采药的吉日。习俗一直延续到现在。

吃粽子:当地尤盛吃粽子的习俗,每当临近端午,家家户户皆裹粽子(贫寒或小户人家二三户合裹),馈送邻里亲友,互尝互赏佳味。粽子皮取毛笋壳,馅的主料为糯米,辅料有红豆、豌豆、小枣等豆果类,也有火腿、咸肉等。粽子品名颇多,形状不一,有锥粽(俗称狗夹粽)、筒粽(俗称横包粽)、啃啃粽、九子粽等。一般每只重半斤余,大者(筒粽)重二三斤,可供数人食。以凉食为主,也有炸食,清香甜美,上撒白糖更佳,俗语有"表妹嫁表兄,白糖沾凉粽"之说。吃粽子的习俗延续至今,但裹粽子的人家已不普及,现在人们多到市场上去购买。

送节:女儿出嫁后,每年端午节要送粽子孝敬父母;又以头节(即嫁往夫家第一个端午节)为重。将粽子装入竹编的精美小夹箩,再将箩盖翻面盛上鸡、鱼、蛋、粉丝等物,总重百余斤,新夫妇双双挑往娘家。娘家设午宴,邀请族人邻居入席品尝,热闹一番;若是定亲未过门的女婿送节,大家伙则会嬉称"马屁节",需慎重。

防疾祛邪:男女戴艾叶以"防疾",饮雄黄酒以"避邪",堂前门插菖蒲以"祛邪",儿童缠七色丝线,一直戴到节后的第一次下雨时才解下扔在雨水中。

*摘自《甬上风物·黄避岙乡》*

# 中　秋

中秋节,亦称"中元节""团圆节""女儿节"等,是汉族传统节日,流行于全国各地,时在农历八月十五日,因是日恰值秋季之半,故名"中秋"。秋夜天高气爽,此夜之月既圆且明,合家团聚赏月,寓意圆满。中秋节起源甚早,于今仍延续赏月、吃月饼、吃团圆饭、舞龙灯等习俗。而当地中秋节活动则在八月十六举行,此源起南宋。随着社会的发展,人们对中秋节越来越重视。"每逢佳节倍思亲。"中秋节成为探亲、省亲的好日子,因此为亲人写信、送礼及举行文艺纪念活动等颇为流行。

阖家吃团圆晚餐:每到中秋节这天,凡是在外地工作的人都会赶回家与全家人共进晚餐。在家的父母一早起来为办团圆晚餐而高兴地忙碌。小菜准备丰盛,餐桌亦需圆形,合家碰杯开席,趁机谈谈高兴事儿,热热闹闹的。若小孩吃得快,也不能吃好便走,仍然要坐着,图个团圆美意。

赏月:晚上待月亮升起,在道地(天井、院子)中央放一张圆桌,全家人围坐,桌上放着月饼,由一家之长分发月饼,边吃边赏明月,同时桌上备有酒茶。在赏月时讲有关月亮的故事,如吴刚伐桂、玉兔捣药、嫦娥奔月、月下老人等神话。

当地八月十六度中秋的来历:据说,南宋时东钱湖边出了个宰相史浩,每年八月十五他都要回乡与家人吃团圆饭和赏月。有一年他回家途经绍兴,因骑的马受伤,不能赶路,直到八月十六才回到家中。据说那天的月亮比十五还圆,故又有"十五月亮十六圆"的佳话。

送礼:中秋是探亲访友的好日子,礼品中必有月饼,表示团圆、美满幸福之意。

举行赏月文艺晚会:中华人民共和国成立后兴起,近十来年犹兴,如龙屿村年年举行赏月晚会,或在公园,或在学校操场,如天气不好就在村礼堂。节目以赏月为主题,形式多样,有独唱、联唱、歌伴舞、快板、相声、讲故事、说新闻、演小品等。参与面广,甚是热闹,直到明月当空才散席。

摘自:《甬上风物·黄避岙乡》

# 重阳节

　　重阳节,亦称"登高节""菊花节"。重阳登高,源于"桓景避难"。传说东汉时汝南人桓景拜神仙为师,一日神仙对桓景说:"今年九月九日你家有大灾,缝好囊包,装入茱萸,佩于臂上,登上高山,饮菊花酒,此祸可消。"桓景按照吩咐,带着全家人登山,饮菊花酒,果然平安无事。太阳下山,回家一看,鸡狗牛羊都莫名其妙地死在院子里。从此以后,人们每到九月九日就登高,佩戴茱萸,饮菊花酒,以求避难消灾。历代相延,遂为节日风俗。黄避岙乡村在这一天,许多老人和中年人都成群结队登山。随着时代的发展,有了登山协会,协会在九月九日这一天组织登高活动,规模一年比一年大,参与人数也不断增多。

象山港畔乡人每逢重阳佳节,都会邀上亲朋好友,携食登山。时值深秋,漫山遍野都是怒放的野菊花,众人边爬边采,边采边赏,直至爬上高山。择地摆置佳肴,敬上美酒,散入金色菊花,咀嚼美肥的螃蟹(俗称稻蟹,此时最肥,红膏满壳)。有人屈膝弹琴,即景吟诗,高歌金秋,真的是一幅"人在画图中"的优美画卷。直待夕阳西下,游兴未尽,结伴回家。重阳登山风俗至今仍有延续:有各企事业单位、学校、登山协会组织的登高活动;有的结合登山体育竞赛活动,参与者分少年、青年、老年三组,对优胜者给予奖励;有的和秋游活动结合起来,登高欣赏祖国的山河美景,陶冶情操,同时增强登山运动的相关知识。

摘自:《甬上风物·黄避岙乡》

# 六月六晒衣

　　六月六晒衣是当地风俗,流行于浙东沿海一带。民间每年农历六月初六曝晒衣物,老人则晒寿衣。藏书者,该日晒书。民间有俗语说:"六月六,女晒衣,士晒书。"相传该天阳光最具消毒功效,所晒衣物不会起霉,且防虫蛀。

　　六月初六上午(若遇雨大,推至初七上午,又雨,顺延至晴朗的日子),各家各户的长者指挥年轻人有序地把箱子、柜子及衣服、鞋子等搬到房外道地,或挂在晾杆上,或摊开放在番笠(晒番丝用具)与簟上,等候烈日曝晒。晒四个小时(途中翻衣服一次,以求采光均匀)后,即把衣服等归放原处。并向转西的太阳拱手,表示对太阳的感谢和崇敬。

农历六月初六,太阳特别猛烈,闷热得很,也是每年学游泳最好的日子,据说选在这天学游泳,以后水性会特别好。

摘自:《甬上风物·黄避岙乡》

# 掸　尘

　　掸尘,当地民间岁时风俗,时间定在腊月廿三,每户人家要把房子内外彻底打扫一遍,家具衣物亦洗涤一新,以示去旧迎新。此俗源于南宋,代代相承,至今已有八百多年历史。现今仍在当地流行。

　　主要内容与形式如下。

　　准备:腊月廿三清晨,将室内可移动的小件家具尽量搬到道地临时放置。再把易搬动的大件家具如床橱、箱子等用旧席子等蒙盖;掸尘者穿旧衣旧裤,戴帽、口罩,双手持尖刷先掸顶棚尘埃,由高到低,依次掸刷。完毕,揭去蒙盖物,清除落地尘埃。

洗涤:首先用揩布擦净室内大件家具(先湿擦,后干擦),其次将临时摆设在道地的小物件,如凳、椅、桶、饭罩等搬往溪坑(河埠头或井旁)洗净晾干,再搬入室内放置。

最后清除道地里的垃圾。

掸完了尘,就准备干干净净地迎新年了。以前,穷人一年到头为富人干活,原本掸完尘可喘口气,过几天爽快的日子,却被富人推出门外,俗语说:"廿三掸篷尘,廿四赶出门。"掸尘风俗至今虽仍延续,但传统风俗的含义已有了变化。

*摘自:《甬上风物·黄避岙乡》*

# 七月三十插地香

　　农历七月三十是地藏王菩萨诞辰日,每到这天,信佛的人家就会买香、买香泡(文旦)、插地香,祈求天下太平,国泰民安,风调雨顺,五谷丰登。此风俗自古就有,起始年代无法考证。传说天庭的地藏王专管人间万物,看到凡人拉犁耕种,生活艰难,心里甚急,请牛魔王下凡帮人耕田,后发生冲突。地藏王菩萨被牛魔王挖去了双眼,地藏王两眼虽瞎,仍关心人间疾苦,用耳贴地听凡人说话、做事。观世音见其可怜,每年七月三十日送一瓶甘露给地藏王洗眼,让他开眼一天。人们为了感恩地藏王,每到该晚家家户户都安插地香。习俗现仍延续。特别是农村乡镇,此风俗久盛不衰。

这一天,待天黑下来,一家之主洗手净身,备香到道地,毕恭毕敬地点燃,聚香于合掌中,对着天空祈祷。保佑全家安康,发家致富。然后给家人分发插地香,自檐阶滴水及大门内外,围墙四周均需插遍。一般间隔 30 至 50 厘米插 1 炷香,多数人家还悬挂香球(即将香密密麻麻地插在香泡上)。插完地香,四周邻舍多集中在一起赏地香。在黑夜里,香火闪耀,如繁星点点;清香荡漾,似欲仙境界。有的为增加趣味性,将地香插成各种各样的图案。插好香后,主人要看管至香燃尽,谨防有人从香火上跨越,特别是小孩,需责其远离香火。若有人从香火上跨过,就不灵了,地藏王就不能睁大眼睛看人间,而是只能睁开点眼缝了。第二天清早,孩童争拔香棒,用来做游戏。

摘自:《甬上风物·黄避岙乡》

# 求　签

　　求签,亦称"象签诗",旧时占卜方式之一,十分流行,起始年代无法考证。不论家里发生多大的事情或是要去办某件事,人们都有一个习惯——到寺庙求签。如家里有人要出远门做生意、孩子读书、娶媳嫁囡,或家有病人,为使其早点恢复也要求签。求签信仰,在1949年中华人民共和国成立后的破除迷信运动中绝迹。但在相隔半个世纪后的今天,有的寺庙又复现其迹。签为竹制卜具,贮于签筒,旧时寺庙备于神案上,供香客占卜凶吉祸福之用。签一面标着等级,分九等(上上、上中、上下、中上、中中、中下、下上、下中、下下),一面写着诗语,故称签诗。求签时,点香插于香炉,问卜者先虔诚地向神像或佛像磕头祷告,诉说欲求何事。再毕恭毕敬地用双手捧签筒于香火上顺时针转三圈,逆时针转三圈。尔后不断地摇动签筒,取先掉在筒外的一根签诗,如此摇三次,得三根签诗,请在场的师父按序读解签诗另一面的诗语。诗语分直式两行,有七言绝句,亦有五言绝句。专门解签诗的师父善于察言观色,深知求签者的心理。更兼签诗文上没有标点符号,因而可做多种解释。签有多种,若有病人求药,于药师佛像前求签,签上有中药方,供人对签取药(实为盲目服用)。还有观音签一百零八卦、关公签三十二卦等,此类诗签颇为繁杂,往往诗与签分开,再做解释。如关公签:第十六签,为"中吉,保安卦"。五言诗曰:"日出照四海,光辉天下明。周游皆吉利,百事总能成。"七言诗曰:"枯木逢春再发生,如同古镜又重明。买卖经营皆大吉,招财进宝保前程。"断曰:求官——得仕;求财——七分;考试——得意;交易——成就;六甲——生男;占舌——无;寿无——吉祥;种植——有故;行人——即到:走失——可得;婚姻——可成;见贵——大吉;家宅——平安;卜坟——吉利;谋事——得成;讼事——得利;天峙——诱和。

摘自:《甬上风物·黄避岙乡》

# 夜哭贴

夜哭贴是为祈求小儿停止通夜哭泣的贴子,为浙东沿海地区民间的一种育儿风俗,源起何时已不可追溯。今随着医疗条件的改善,已经很少再见到夜哭贴。

如遇小儿通夜哭泣不止,选红纸裁成长方形的小条子,上直写:"天皇皇,地黄黄,我家有个夜哭郎,过路君子读一遍,一夜睏(睡)到大天亮。"然后,趁夜深人静、无人知晓时,将这张小红字纸悄悄张贴于过往人多且容易被人看到的十字路口的柱子或墙壁上。过路人会读红纸上的内容,千人读,万人诵,相传如此即可止小儿夜哭。

摘自:《甬上风物·黄避岙乡》

# 走八寺

　　走八寺,逢农历正月初八日,象山东乡有"走八寺"的习俗。"八寺"取于生辰"八字"谐音,以求来生命运好。老人们尤其是相信佛教的妇女们,往往会在这一天结伴去城内外主要的八个寺院烧香拜佛,祈求新年平安吉祥。习俗今仍延续。

　　走八寺有个讲究,取农历一年中的头八,而且一队必须由八人组成,从正月初八凌晨出发,到城厢内外的八个寺院烧香拜佛。每至寺,要献上供品,烧烛点香,参拜满堂菩萨及烧经。还需排队虔诚齐祷"拜八寺"文,"要拜四方安乐,要拜父母双全,要拜夫妻团圆,要拜儿孙满堂,要拜前仓后仓满,要拜荣华富贵万万年,要拜八寺上经殿"。拜八寺后,还要去珠溪长生庙拜八字娘娘,烧八字经等,才算功德圆满。走八寺类似现在的近距离旅游。古时跋山涉水,起早落夜,将城乡内外游了一圈,遍赏沿途景观,一般需三天以上的时间。现在交通方便,以车代步,一天就能游毕八寺。

摘自:《甬上风物·黄避岙乡》

# 走十桥十庙

走十桥十庙,当地妇女的一种祛灾祈福的传统活动,流行于象山港南岸。时间定在农历正月初十进行,是日需走十座桥十座庙。此项活动始于明而盛于清,中华人民共和国成立后中断,最近几年又复延。

正月初十走十桥十庙,多为中老年妇女参与,每队由十人组成。是日,一队队肩背念佛袋的妇女必须清晨出门,行至晚上才能到家,她们走在乡间道路上。每至一桥,在桥头旁燃烛一副,点香三炷,并烧《土地经》,然后按长幼次序成对牵手过桥。在走桥时,大家齐诵"童男童女牵过桥!"反复齐诵,直至最后一对过桥。逢庙参拜菩萨,献上供品(五果等),再排队许愿,每队由一人领诵,众人跟诵。每人烧烛1副,点香1炷,先拜天地香,后拜庙里的满堂菩萨,然后烧《观音经》《财神经》《土地经》等。

走十桥十庙是一种祛灾祈福的活动。走桥的目的是将邪气、晦气抛于桥后,以消疾病,并求新年好运。经十桥十庙,一切灾难都将全部抛尽,且有神灵的保佑,新年可以全新的面貌出现。

走十桥十庙,起点桥、庙一般选本村的(若本村无庙,选附近村庙),开始走时道路不能重复(返原路意为不吉利),往往是走了数十里,绕个大圈子才回到本村。故需整整一天时间才能走完全部路程。如龙屿村走十桥十庙行程顺序为:龙屿公正庙(平桥)、谢家岙福庆庙(无名石拱桥)、横塘平水庙(平水桥)、大林黄库庙(荣宗桥)、孟岙树蓬庙(孟岙桥)、黄避岙白鹤庙、邬家坑桥大斜桥童翁庙(大斜桥)、周家童翁庙(西寺庄桥)、兵营碑牌庙(湖头桥)、一横里穿鼻庙(村口桥)。走完后各自回家。

摘自:《甬上风物·黄避岙乡》

# 猜拳游戏

　　猜拳,当地称"豁拳",起源于何时无法考证。它是人们为增加喜庆和喝酒时的乐趣氛围而创造出来的只猜数字的游戏。游戏一般一人坐庄(也可互邀),依次与一桌人猜拳,两人同时出拳,并伸出手指,两人手指相加从 0 到 10,被猜中者罚酒一杯。这是民间唯一的败者还有奖励的游戏。后来这种风俗的范围越来越广,不仅见于民间的婚嫁喜庆,还在官场的节庆宴会中盛行。就是一般桌面上喝酒都会玩猜拳助兴。内容也随之不断丰富。不仅是单一性的猜数字,还要在每一个数字中带上一句吉利或好听的话,这更增加了"猜拳"游戏的趣味性,使酒席上的气氛更加活跃。这种习俗一直延续至今。

猜拳形式:一桌中由一人坐庄,依次与同桌的每一个人猜拳,一般连续猜拳三次,猜一局决定输赢的形式有四种。

1.次次猜,即两人连续猜三次,每次输者罚酒一杯。

2.抢一,即猜一次定输赢(多为插拳,即庄家连输三次,称被"关",需要另一个人与赢者猜拳,若输了,再另猜,若赢了,庄家才可以再按次序猜拳)。

3.抢二,亦称上二。猜两次,两次输或两输一赢者为输(两人各输一次后,进行第三次猜决胜败)。

4.抢三,即先猜中三次者为赢(猜拳中输与赢可加减,如庄家第一次赢,第二次输,即被对方抢去一次,庄家减一变为零,若第三次又输,对方二次赢,若第四次庄家赢,庄家抢来一次,即赢一次,而对方赢二次需减次,双方变为一比一,直至赢到三次者为赢)。另外,若一方出拳伸的手指数与喊数发生矛盾或喊数字慢出拳伸指快均需罚酒。

猜拳内容有元宝对、一定恭喜、二相好了、三星高照、四喜红了、五子登魁、六大顺了、七巧渡了、八仙过海、九长寿了、全家福等。

摘自:《甬上风物·黄避岙乡》

# 独脚板板游戏

　　"独脚板板"属儿童群体游艺娱乐活动,配有童谣,代代口授相承。黄避岙乡龙屿张氏始祖来自河南洛阳,厌倦官场,隐迹卜居,遂成村落,故童谣内容明显反映隐居之乐,形式也从两人到群体,不失为一种创新,流传至今,亦有千年历史。

　　"独脚板板"因是群体娱乐,故少则二三人,多则十余人。择一平整场地(当地多到道地),儿童们聚在一起,围成圆形,面朝外,各伸出一脚,小腿互交,用脚板勾住搭牢,另一脚一起独跳,故名唤"独脚板板"。大家边跳边吟诵歌词,谁未搭住则淘汰出局,剩下最后一人为胜者,大家嘻嘻哈哈恭颂一番,再从头开始。该游戏既锻炼身体,又培养群体观念,还可开发儿童的智力,故能流传至今而不衰。童谣记录如下:"独脚板板,板到栏栅,栏栅门头,矮门翘勾。上避避,下避避,打甩死呀缺只脚。"("栏栅"即篱笆;"矮门"即篱笆门,有的下方设一排短柱编成门槛状;"打甩死",意为摔一跤;"缺只脚",即淘汰一人)

摘自:《甬上风物·黄避岙乡》

# 跳皮筋游戏

跳橡皮筋是儿童乐于参与的一项传统游戏,它既锻炼身体,又有益身心健康,还可帮助开发智力。活动源于民国时期,盛于20世纪70年代末至80年代初。该游戏只用一根橡皮筋,儿童唱儿歌,随着节拍,两脚交错有序地在橡皮筋上一勾一跳,一放一蹦,动作敏捷,姿态优美。随着时间的推移,前几年又增添了开始与换局时双脚并跳及"打跌"等动作。唱词上亦可即兴编唱,更丰富了游戏竞技与娱乐的双重功能性。在幼儿园、小学广为流行,成为冬季的一项娱乐游戏,社会上亦经常可见。

跳橡皮筋是一项既唱又跳的娱乐活动,可群体参与,亦可单独进行。若独自时,将橡皮筋两端系于固定物上,院子里择树木或桩等亦可。群体时,两人各持橡皮筋一端拉平(高低按参与者水准而定,离地面越高难度越大)。跳者可单跳或群体跳,淘汰出局者轮持橡皮筋。

　　唱词:一只燕子直笔直,毛儿开花二十一;二五六、二五七,二八二九三十一;三五六、三五七,三八三九四十一;四五六、四五七,四八四九五十一。

摘自:《甬上风物·黄避岙乡》

# 羹饭田

　　羹饭田,由来蛮早。开始父母在世,有两个以上兄弟的家庭在分家时,父母为了防备子孙不孝,留起部分田自己耕种,这样生活上有了依靠,可安度晚年(将其余均分给众子),这些田叫"生活田"。父母百年后,这部分田就由众子轮流种植。承担父母的生、死期的羹饭及清明(包括上坟供品)、七月半和冬至羹饭。由此冠其名为"羹饭田"。以前田少、子孙多,普遍存在少田现象,若能轮着种羹饭田,是意外的大收入。每个家庭多喜欢种羹饭田;同时祭祀也有了着落,后代甚是恭敬,不会忘记。于是后者效仿,代代相传,羹饭田也越来越多。直到中华人民共和国成立后的土地改革时羹饭田才绝迹。

说起羹饭田,龙屿人就会讲起梅溪太公和高池坑太公的故事。梅溪太公是明朝后期人,读书有文名,后来做了官,家产蛮多,留有十亩羹饭田。子子孙孙祭祀按族内规矩分毫不差。到了清朝晚期,离太公已有十多代,龙屿到梅溪有四十多里远。有一年轮着种羹饭田的人家不知为什么走到了梅溪岭顶,摆开供品对着太公坟遥祭。此事被发觉,族内订了祭祖条约。太公有四子,分为四房,轮着大房祭祖,由二房房长同往监督,轮着二房祭祖,由三房房长同往监督,依次轮回,监督制度,保证了祭祖肃穆恭敬,此后从无出现上类情况。高池坑太公是清朝康乾时期人,书香门第,秀才出身,也留有十亩羹饭田。其有三子,分为三房。在坟前另造小屋两间,专供管坟人家居住,从羹饭田中划出三亩及坟旁边的三亩地给管坟人家耕种,抵管理坟墓工钱。另外七亩羹饭田由三房轮种,清明祭祀时,因龙屿到大林高池坑只有十里远,出于孝心去管祖上坟墓,同时在墓前每人都可分到轮祭人家准备好的麻糍,于是每年清明坟头祭祖的不下二三十人。羹饭田是祖辈家庭富裕且多子留下的田产,后代子孙自有其实用价值,但贫苦的人家,本来就少田,因此他的身后就无羹饭田了。

摘自:《甬上风物·黄避岙乡》

# 掏冬笋

掏冬笋的习俗自古就有,起始年代无法考证。随着时代的前进和竹林的发展,现在掏冬笋已经成为一种产业,冬笋成为冬季的美餐佳肴。

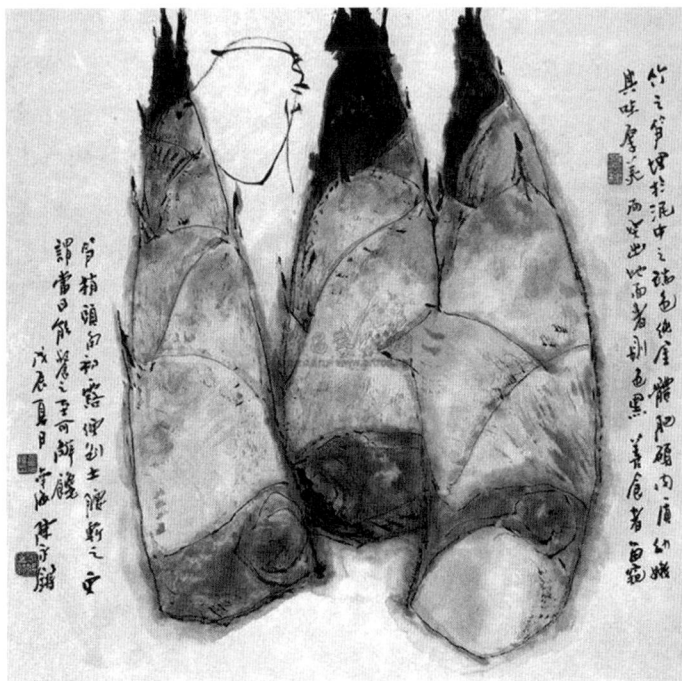

习俗要点:

1.冬笋是一种美味佳肴,掏冬笋是竹产地农民的一个重要副业,因此该地农民都掌握掏冬笋的技艺,而且已成为一种习俗。

2.掏冬笋时间性强,每年必须在冬天至明年清明前挖,大家都自觉遵守,否则会影响毛竹生长。

3.掏冬笋,起着为竹林松土的作用,有利于毛竹的生长,因此允许全村村民上山随意挖笋。

*摘自:《甬上风物·黄避岙乡》*

# 石碾子碾米

从前农村中没有碾米的机器,全靠碾子碾米,黄避岙乡几乎每个自然村都有碾子。现在完整的碾子不存在了,幸存几块碾饼和少量的碾槽留在地边角落,无人问津。

碾子的构造:石碾饼,圆形,由很厚的大石板雕凿而成,直径 1.7 米,中间厚 0.13 米,边缘厚 0.1 米,中心凿一个 0.11 米的方孔,形似大圆饼,故称碾饼;石碾槽:用石料雕凿成凹槽且弧形,上口槽 0.25 米,凹槽深 0.16 米,凹底厚 0.22 米,凹成 U 字型,十数块铺接成一个大圆,直径约 3.5 米;二根木料:称为碾杠,上杠约 2 米,下杠约 3 米;中轴,立于碾子中心,一根轴固定,轴外套一根中心空的使它能转动;碾饼中心的方孔用木榫、隔板使碾饼立牢,连接两根碾杠,木料全选用坚硬的柏树,耐霉烂。碾米时将稻谷放入碾槽,一般一次 300 来斤,牛肩挂个牛桅由

牛来拉,使碾饼绕着碾槽滚动,经过近 2 小时的压碾,谷才可碾成米。虽费时也费力,但在那时也算是很先进的碾米工具了。

摘自:《甬上风物·黄避岙乡》

# 舞龙灯

　　大林村舞龙灯的兴起是在清代至民国年间,为了迎合庙会等需要,大林村出现了一个由村民林兴登(已故)组织的龙灯会,后来又增加了一个由林振良(已故)组织的龙灯会,除参加上灯戏庙会仪仗外,还发展到去乡间周边村庄巡回舞龙。中华人民共和国成立后,由于人故时迁,舞龙灯便不再继续了。

　　表演内容、形式及特点:舞龙灯需由十几至二十来人组合成一个龙灯队,一般都是乡邻们自发组织的,根据各人的能力与特点,分别担任撑龙头、持龙节、把龙尾等角色,同时又分任领队、联络员、高招手、绣球手、号手、鼓手、锣手、切子手、钹子手等。舞龙时,领队统领全队,其他各人各负其责。春节期间,一般是正月十三日上灯起舞,本村舞完,转巡周边邻村,有时甚至出巡周边乡镇及邻县。舞龙灯有个惯例,龙队进入一个村庄,首先必到庙堂、祖祠拜会,然后拜会一村之长,再挨家挨户地进庭院巡舞,所到之处,主人都要发一个红包,以表吉利。龙队每到聚众之地或较大的场所,还要摆起名目繁多的龙阵,有些是观众指定并用小石块摆好阵容的,诸如龙阵、长蛇阵、大蟹阵、八卦阵、梅花阵、蜘蛛阵,所以舞龙队还要精通各类阵法,否则,就会受到处罚。龙灯活跃在各村各家庭院时,尾随着结队观赏的乡民,特别是成群结队的孩子们更是喜气洋洋,一直到龙队离村,才依依不舍地回家。

摘自:《甬上风物·黄避岙乡》

# 拾海风情

# 甩弹涂和涨弹涂

　　弹涂船,俗称海马,由长约一米三的一块底板和两块边板,中间稍前安个扶手(俗称麒麟)制成。扶手前主要是放涨弹涂用的竹管筒,扶手后作跪腿用,即一条腿跪在海马内,两只手扶住扶手,另一腿作"动力"进行滑行。

　　弹涂生活在浅海海涂,灰色大头,近似于泥鳅,盛产于西泸港海涂。弹涂因其在海涂或海水中弹跳活跃而得名,它非常机敏,一看到人影,就弹跳到水中或钻入泥涂深处,很难被轻易捕捉。人们长期在海边生活,了解了它的特性,想出了巧妙的捕捉办法——涨弹涂。

　　退潮后弹涂钻出洞,蹦蹦跳跳地在海涂中游玩,它从洞口出来后所游过的线路都是花纹,人们滑动弹涂船装载竹管筒去寻找弹涂洞,找到

一个洞便在它的洞口安插好竹管,把洞口封住,做上记号,即设置好了陷阱。涨潮时,一般插二百至三百个竹管筒,当潮水回涨,人们照原路线取回竹管筒。有时一只竹筒里会有两条弹涂,俗话说:好请勿请弹涂落竹滚(指竹管)。中华人民共和国成立前沿海很多村民靠涨弹涂谋生,现在西沪港内弹涂数量减少,从业的人也只有六七十岁的老年人了。

这些活动据说是从明代流传至今的。一种是用木制"弹涂船"(也称海马)作滑行工具,在海涂中安置小竹管,引弹涂入竹管,称涨弹涂;另一种是以细长竹竿作甩吊杆,长线装吊钩以把弹涂甩吊起来。

习俗要点:

1."弹涂"是海涂特产,鲜美可口、营养丰富、价值昂贵,是沿海农民的重要副业收入。

2.沿海滩涂边的村庄里,许多农民家都备有滩涂交通工具"海马"(木制)和竹管、吊钩、小竹竿等甩弹涂和涨弹涂工具。

3.捕捉弹涂时间性强,当潮退后,要立即行动,赶在涨潮前结束。

4.捕捉弹涂技艺是家庭群体传承,因此掌握技艺的人较多。"海马"所需材料:木制弹涂船一只,小竹管一百余只,作甩杆细长小竹竿,穿长线的吊钩。

摘自:《甬上风物·黄避岙乡》

# 钓弹涂和踏弹涂

随风旱钓:取四米长百条竹作钓竿,竿端系四至五米长线,线端扎一枚有四个钩子的钓钩,看到弹涂瞄准抛去钓之。在十米开外钩取不到十厘米的弹涂鱼可谓是一门绝活。

网弹涂:弹涂洞有左右两个,互相贯通,赶海人足踩一洞口堵其去路,用网兜盖住后捉之。

踏弹涂:无须任何工具,走上一百来米,脚踩出几个脚窝孔,受到惊吓的弹涂鱼,四处逃窜,一不小心就落入孔中,随手可拾之。

记录:蒋逸民

# 西沪长蛸

　　望潮:章鱼科,分布于西沪港滩涂的又名长蛸。以食蟹类、虾类、蛤类动物为生,占别的动物洞穴为自己家。

　　得名:据说每月农历廿七和廿八起潮的日子,望潮的触手会上下摇动,渔民可据此判断潮水的涨落,故得名"望潮"。

　　大麦望:入冬后望潮钻在洞里不出来捕食,吃自身的脚爪保命,到最后只剩下光溜溜的腔体,从浅滩流入大海,直至死亡。但体内的卵苗却能繁衍成新望潮,来年在近海滩涂挖洞生长,到农历四五月已成长可捕捞,人称"大麦望"。

　　桂花望:农历八九月时,望潮长至二三两重,那时膏厚醇香,正是美味之时,人称"桂花望"。

　　徒手㧚:望潮洞洞口不光滑,直接用手伸进洞去,几次推拉望潮就会被吸去。

沙蟹吊：八月"桂花望"，洞深且有转弯，徒手难抲。用一竹竿头缚沙蟹，放至洞口，等望潮钻出抓食即可钓之。

照灯撮：涨潮时，望潮爬出嬉戏觅食，至夜伏于滩涂不动，用灯盏照到可手撮。

铁锹挖：冬时，老望潮多藏于深洞，可用铁锹、铁锨直接从洞里挖出来。

弹涂鱼：俗名跳鱼、阑胡。体长十厘米左右，水温低于十摄氏度时深居于穴洞休眠过冬，"不吃不喝"可达七至十五天。栖息于河口咸淡水水域、近岸滩涂处，对恶劣环境的水质耐受力强。

弹涂鱼穴：Y 字形，由孔道、正孔口和后孔口构成用于换气。正孔口较大，孔道不甚规则。

记录：蒋逸民

# 抲望潮和钓望潮

　　望潮是西沪港海域内的名贵特产。它有椭圆形的头和细长的八只脚,外形比鱿鱼要小,但味道比鱿鱼、目鱼鲜美。望潮多在海涂洞中,它的洞四通八达,犹如地道,但也有一个经常栖居的主洞,它相当机灵,在洞中游转,稍有动静,立即从这个洞逃窜到另一个洞,没有洞的在泥土中也会遁下,很难被捕捉,但生活在海边的人们想出了好几种捕捉望潮的办法:抲、钓、照。

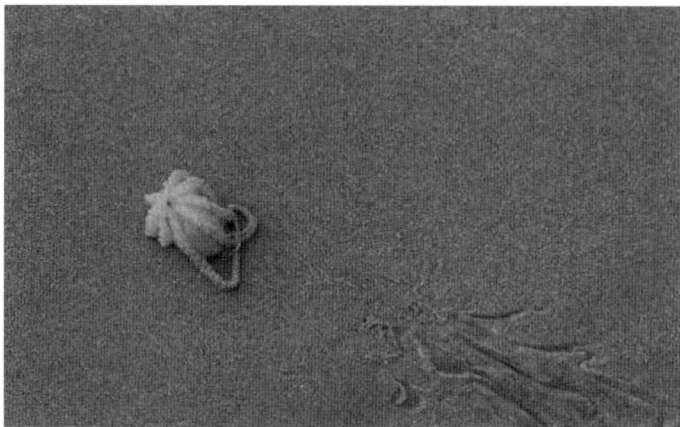

　　抲望潮:海涂中有各种不同的洞穴,如蟹洞、弹涂洞、虾过弹洞等各有特点。望潮用脚爬行,洞壁布满密密的斑点,挖开海泥,挖至见到洞中的水,但不能触及水,一触及水望潮就要逃遁。刚见到水时应立即在距洞二十厘米处绕洞的四周用脚踏,堵住望潮往下逃的洞,再迅速用手去捕捉,这样望潮一般都逃不了,技艺高的人,手和眼睛也不会弄脏。

钓望潮:这个办法是新手或在海涂较硬用脚踏很费力的情况下才采用的。钓具:一根十至十二厘米的竹签,一根长十二厘米的细绳,绳的一端系住竹签,另一端系住蟹郎头,因望潮喜食蟹故将其作食饵。找到望潮洞轻轻挖开,挖至见到洞中的水,竹签插入洞边五厘米处,将蟹郎头慢慢放入洞内,同时用手盛点水放入洞中,望潮用脚来试探,探到有蟹,便会钻出来,蟹郎头被它的脚裹得很紧时迅速用手去抓,它就无法逃窜了。

照望潮:黄昏后潮水回涨时去洋口头,水深二十至三十厘米,望潮在潮水门头爬行,在灯光照射下它不会逃遁,故可将它捕获。技艺高的人二至三小时内能照十多斤。(照望潮需基于一定的区域和一定的潮时,不是每夜都有,到处都有)

*摘自:《甬上风物·黄避岙乡》*

# 捞苔条

苔条:学名浒苔,生长盛期3至6月,水生绿藻类植物;产于杭州湾、象山港、三门湾和温州港,为西沪港上品。

1.捞苔条:退潮时滩涂上随处可见。

2.洗海苔:要诀是滤去浮泥,但不能洗净海水味,如此晒出来的海苔口感不涩,略带咸香。

3.晒海苔:靠天吃饭,须阳光充足,刮西北风,如此晒出的苔条干脆,品质上佳。

记录:蒋逸民

# 晒紫菜

藻乡:步桩、插杆、浮筒、缆绳、滩涂上每一行印记都是养民们的汗水。

下苗:9月白露前后下苗,10月中下旬可采收,次年1月采收完毕。

海上钢琴曲:一排排紫菜架犹如琴键,弹奏着希望的田野。

采收:采收紫菜劳动强度很大,尽管如今有了机械设备,但是这份辛劳只有下过海的人才能体会。

晒紫菜:洗涤、翻晒,迎接自然恩赐最美好的瞬间。

记录:蒋逸民

# 耙蛤蜊

蛤蜊:软体动物,生活在浅海底,有花蛤、文蛤、沙蛤等诸多品种。被称为地球五大不死神兽之一。目前发现最高龄蛤蜊为四百零五岁。

半腰深海水中的渔民手中各紧握一根顶在手中的"长棍",如农民伏犁状站在水中晃动身体"作业"。

那根"长棍"浸没在水中的一端,连接着一个特制的巨大铁耙,铁耙后方紧系着渔网兜,铁耙柄上还拴一条绳子,斜背在操作者肩上。流动的海水就会把砂土冲进渔网兜里,砂土被水流冲走,混在砂土中的蛤蜊、海螺等水生物就留在了渔网上。

挖蛤蜊:直接用手翻找,蛤蜊多生于五至十五厘米的沙下。

记录:蒋逸民

# 拉海带

育苗：11 月下旬开始。

嵌苗：12 月上中旬开始，将海带苗嵌入苗绳。

收割：麦收季节，养殖工人开始收割成熟的海带。

记录：蒋逸民

# 拾　海

俗语:"田是粮仓,涂是银行。"

西沪三宝:苔条、紫菜、海带。

苔条:晚清时期进贡的物品。

紫菜:北宋年间进贡的珍贵食品。

海带:号称"碱性之王"。

每天,海边人都抓紧退潮的时间,到滩涂上拾鱼虾、捉弹涂、扒望蛸、挖毛蚬、敲牡蛎,这些活动统称"拾海"。

俗语:"没有牛马力气,难享海洋衣食。"

当我们远离自然也可享用美食时,应该感谢这些用劳动和智慧成就美味的人们。无论靠山还是靠海,劳动者无不用心创作。他们用感恩回报大海的赐予,与家人和世人分享收获的喜悦。

**记录:蒋逸民**

# 乡土人物

# 李世康

20世纪初,塔头旺村有个叫李世康的人,他是一名商人,家庭富裕,靠卖干货为生,如红枣、花生、桂圆、莲子等。他崇尚节俭,为人慷慨,常接济老百姓。只要有村民向他借钱,他都会将钱借给村民。对于还钱的事,李世康既不在意也不放在心上。李世康说:"我借钱给你们是为了帮大家渡过难关,不是为了求利。如果还不起,也没关系。"有一年家中突遇土匪,李世康也好心招待土匪,给他吃的,还给了他一些钱,他说:"人都是善良的,被生活所迫才会做这些事,我们应该真心对待他们。"李世康乐善好施几十年,在前些年去世。长寿的他以前乐善好施,他死时,所在的村庄有好多村民为他送葬,哭声惊天动地。

讲述:佚　名
整理:胡倩洁　王赛霞

# 蒋黼

蒋黼,西周村人,贡生,在高泥筹备军港。民国《象山县志》记载:清光绪二十四五年间,有外国军舰先后驶入象山港属孝顺洋西一海湾尽处,停泊港中,乡民以鸡、鸭、果、卵等食物往售,无一不获厚利返,守土官都没有注意到此事。光绪二十六年(1900),意大利兵舰停泊很久,雇佣本港的渔船带领小轮船寻访各地,白天就竖起旗子测量,晚上就用光照,四五里之内,东西都看得很清楚。买东西的人大多都和他们熟悉了,就带他们游览各地。于是有人站出来主张禁止到舰上卖东西,宣扬舰上缺乏食物,将对地方不利,小贩们、舰中的军官都把此人当作仇人,一时民心有变,都想着搬家。十二月十五日,意兵二百多人自尖礁登岸,当地居民都躲入山中,村里无人照料,失火烧了十多家,意兵经过而不入,直到西周村,排队绕行一周,在沙地上摆了一个阵。首领叫堪敌安义,盘腿坐在阵前,让翻译告诉村民,说此次带兵出来游行,是因为买卖被禁止,要求他们派出一个地方富豪来谈话,并不会为难他们,否则就要对他们出手。村人就推选了一个叫作蒋黼的贡生前往,堪敌安义和他握手,笑着说现在中外通商,为何独独禁止小贩?蒋黼恭顺附和,首领随即带队回舰,军舰离开了港口。至光绪三十一年(1905)夏,宁绍台道张鸿顺来港察看,派人至西周邀请一名乡绅来访。蒋黼出见,详细地说了很多事情。

宣统元年(1909),朝廷命高泥为军港,派一兵舰驻泊港中,筹备事宜。三年,收买高泥民间房屋田地,打算改革兴军。然而总办曹某挟公款逃走。只有高泥的土地没有被卖掉。清宣统元年七月十八日,洵贝勒乘船驻扎高泥,随行人员萨镇冰及督抚提镇都来了。全县文人商贾开欢迎会,献上黄缎龙旗,多引见登船的人。一时港中聚集了大小轮船四十余艘,帆船不计其数,人山人海。三年,曹嘉祥、胡应祥发布公买高泥民产,以奠定军港基础。到了民国,却只收了所购房的地租而已。

摘自:《乡村记忆》

# 萨镇冰

　　萨镇冰于 1919 年任北洋政府海军总长,曾代理国务总理。1923年,任福建省省长。1927 年,辞职后为海军部高等顾问。1933 年,支持李济深和十九路军将领在福建成立"中华共和国人民革命政府",同情民主抗日。1949 年,拒绝去台湾。中华人民共和国成立后,为全国政协委员、侨务委员及人民革命军事委员会委员。著有《客中吟草》及集外诗多首。

　　萨镇冰勘察象山港时,接近普通百姓,曾到外高泥村钱氏家中品茶,钱楚白的祖父以地方绅士相迎陪送。萨镇冰见钱楚白生得头角方圆,眉清目秀,相貌非凡,十分钟爱,欲收为义子。其祖父十分高兴,当场应允,让楚白拜见,以父子相称。萨镇冰意欲将楚白带往福建,因钱楚白父亲早逝,其母不忍让他远离,故未成行。19 世纪 20 年代,萨镇冰送来亲笔所书雅轴一副,题曰:"楚白贤员雅嘱:叶浮嫩绿酒初热,橙赤香黄蟹正肥。萨镇冰赠。"笔势雄健,属颜体,于"文化大革命"中被毁。民国十年(1922),萨镇冰任福建省主席。钱楚白携其祖父与萨镇冰的合影照片,寻访义父萨镇冰。萨镇冰请先生教授其外语,数年后,萨镇冰见他学业大有长进,且稳重谨慎,任他为长汀县县长。钱楚白到任后,体恤民情,多有作

为,后调任福鼎县县长,萨镇冰见其胆魄不小,调任禁烟委员、旅长等职。1946年夏,钱楚白辞职回乡。1969年7月,卒于象山,享年71岁。

摘自:《乡村记忆》

# 抗倭战士

　　龙屿村自后梁,历宋、元、明、清递推至今,村风淳朴,耕读相济。科举时代出进士五人、举人三人、贡生十八人、秀才九十八人、将军将领四人、孝悌力田科一人,合计一百二十九人。其中,明朝嘉靖年间,东南沿海地区倭寇活动十分猖獗,烧杀掠夺,无恶不作。龙屿首当其冲,人民的生命财产受到严重威胁,村民自发组织保乡卫国的抗倭斗争,其英勇事迹,可歌可泣。

　　张孟松,字子文,号毅高。对继母很孝顺。听说母亲生病,不论寒暑,亲自服侍母亲吃药。他教导孩子严厉有规矩,对待兄弟和睦宽厚,遇上事情敢作敢当。倭夷犯我边境,他挺身而出,率族人以战待守,不久遇害身亡,当时是嘉靖三十二年(1553),享年六十九岁。

张孟熙,字应文。嘉靖丙申年(1536)外敌来犯,亲自率领三十余人,与儿子仲珪出城杀贼。但寡不敌众,队伍中人死的死逃的逃,父子随即遇害。

"三烈士"张孟做、张孟爵与张仲英都是忠义之人。明嘉靖三十二年倭寇袭扰龙屿,率领众人在油车口作战,村人看打不过就都逃走了,三人力战而亡,人称"三烈士"。战事结束后有司向朝廷请赏,族人在村口建立了一座亭子,叫"旌义亭"。现在亭子已经坍塌,仅剩下两个石柱。

张仲谦,字国华,体格健壮,臂力过人。嘉靖癸亥(1563),外敌猖獗,他很轻松就能拉开两石的弓,用铁朔冲突如飞,敌人遇到他便四散而逃。

明朝将领有张均奇,字蕴策。凭借擒贼立功,授越州武略将军,调去做登州卫,在这个职位上待了一辈子。

张名显,字天祺,才略出众。监察御史周廉向朝廷举荐,跟随姚武略将军,镇守西陵。相传,因遭受逸言陷害屈辱而死,就葬在缸窑塔。

张叔遐,字远卿,勇冠千人。征讨敌人有功,被任命为辽东守备。当时数万敌人聚集在鸭绿江,他率兵出战,打败敌人,敌人逃走,他也受伤死在了战场上,鲜釜因此平息。有诗赞曰:"一关领职守辽东,鸭绿江边志气雄,杀尽倭奴身亦陨,名留青史表精忠。"

人物:来自《张氏宗谱》

摘自:《乡村记忆》

# 沈教方

　　沈教方,白屿村人,生卒不详,他辛勤耕种,省吃俭用,心地善良。1935 至 1940 年,修桥铺路,修建高墩洋岭等三条石弹路。第一条,村东南面大岭头、见呑岭到水脚坑,长约一千五百米;第二条,村北面到高墩洋,长约一千米;第三条,村西担水岭到笋跳呑,长约一千一百米。他在见呑岭凉亭内放置茶缸,供过路人解渴,数年如一日。

人物:来自白屿村

摘自:《乡村记忆》

# 邱真钰

　　清朝末年,募修四条道路:白屿至斗水鲭鱼村路、白屿后岭至高墩洋岭路、白屿至驿角峇路、西山下至湖头杨家岭路。其中西山下至湖头杨家岭路为里人朱正三、邱真钰等修。民国《象山县志》采访册云:黄避峇阳间桥,高池坑青山埭村有桥,并被水圮,邱真钰修,又于白屿过岭大坟庄新造石桥;其余修筑道路者多人。

人物:来自白屿村

摘自《乡村记忆》

# 张心富

张心富,鸭屿村人,1937 年生,1964 年毕业于杭州大学教育系。曾工作于浙江省教育厅、浙江省人民出版社、浙江省毛主席著作出版办公室、浙江省出版事业管理局、浙江省出版总社、浙江省版权局、浙江省新闻出版局;曾任中国版权研究会会员、浙江省知识产权研究会副秘书长、浙江省哲学研究会会员、浙江省新闻出版局版权处副处长、浙江省出版总社副编审、浙江省法学会科技法专业委员会理事、浙江省象山中学在杭校友联谊会会长、杭州宁波经济建设促进会象山分会副会长,现任中国民间医学研究开发协会真气运行研究专业委员会会员、浙江省知识产权研究会会员;曾发表论文二十多篇。

人物:来自鸭屿村

摘自:《乡村记忆》

# 张秀鲁

张秀鲁,鸭屿村人,1937 年生,1963 年毕业于杭州大学化学系。后分配到浙江省粮食科学研究所,历任研究室副主任、省粮食科学研究所实验厂副厂长、省粮食科学研究所副所长。后调任省粮食局科技教育处,任处长;省粮食局党组成员,省粮科所与省粮油食品工贸公司总工程师。三十多年来主持或参加省、部级重大科技研究项目;1969 至 1979 年,完成"从米糠油下脚料中提取谷维素与牙周宁"的研究,分别获得 1978 年全国科学大会奖与 1986 年商业部科技进步二等奖;1971 至 1976 年,完成"从棉籽中提取棉酚,应用于抗肿瘤和男子节育"的研究,发现棉酚具有雄性抗生育功能,为国际公认我国科学家首先发现的研究成果;1976 至 1980 年,完成"油茶饼粕中提取茶皂素及应用"的研究;1980 至 1984 年,完成"利用脂肪酸合成二聚酸及其应用"的研究;1989 至 1993 年,完成"由微生物生产高含量 γ-亚麻酸油脂"的研究。1979 年被评为浙江省粮食系统先进工作者;1993 年被选为有突出贡献的专家,国务院颁证表彰,享受国务院特殊津贴。

人物:来自鸭屿村

摘自:《乡村记忆》

# 苏亚芳

苏亚芳,象山黄避岙,大斜桥村人,女,1963 年 2 月生,博士,现为美国加州洛杉矶市地理信息系统专家。

苏亚芳,1984 年毕业于浙江大学地球科学系遥感专业,毕业后任教于浙江农业大学(现浙大农学院)。1987 年考回浙江大学攻读硕士学位,1990 年获浙江大学硕士学位,考取了中国科学院地理研究所博士研究生,师从我国地理信息系统之父陈述彭院士。1993 年获中国科学院地理研究所博士学位,是我国地理信息系统领域的第一位女博士,她的博士论文获该年度中国科学院院长奖学金优秀奖。在中国科学院地理研究所由助理教授被破格提为副教授。1995 年底赴美做博士后研究。同年,任德国地理信息系统杂志第一期的客座主编,1999 至 2002 年任该杂志的编委。1998 年,在加州大学洛杉矶分校任地理信息系统和视觉化的资深咨询专家;2000 年至今担任加州洛杉矶市地理信息系统专家。苏亚芳在国内外学术杂志和会议上共发表论文四十多篇,出版专著有《沿海港口城市投资环境信息系统》《重大自然灾害遥感监测和评估集成系统》等。

1992 年,苏亚芳负责由中国科学院和宁波市计委联合支持的"宁波市投资环境信息系统研究"项目,历时两年,完成了我国第一个投资环境信息系统的设计和建设。她从投资环境理解和概念入手,针对宁

波港口城市的特点,利用投资环境信息系统,着重研究了宁波深水港
(北仑港)的港口条件,并把投资环境指标体系分成二十余个方面的因
子进行了质量综合分析和评价。1993 至 1995 年参与了国家计委、国
家科委的"八五"攻关项目"重大自然灾害遥感监测和评估"和"深圳城
市规划信息系统"的建设。1994 年受香港中文大学邀请,前往设计京
九走廊的投资环境信息系统。1995 年,"城市信息系统项目"和"重大
自然灾害遥感监测和评估集成系统"获得中国科学院科学技术进步奖
和国家计委的嘉奖。

在美国 Monterey Aquarium Research Institute 做博士后研究期
间,对地理信息系统和视觉化在海洋领域的应用进行了开拓性的研究,
并在由 Taylor&Francis 出版的《Marine And Coastal Geographical
Information System》一书中发表。在加州大学洛杉矶分校工作期间,
对地理信息系统和数据库在互联网上的传输方面进行了研究,为加州
大学洛杉矶分校开发了地理信息系统数据库网站。2007 年,为洛杉矶
市研究开发的 SMARTS 系统获得了洛杉矶市颁发的质量和效率
(Quality and Productivity)新技术奖。

2007 年,创立了公司,主要从事地理信息系统、图像处理和数据库
方面的咨询工作。

*摘自:《最美象山人》*

# 陈正仁

　　陈正仁,鲁家岙村人,1958 年 9 月出生于象山黄避岙乡,现任浙江省委台湾工作办公室(省政府台湾事务办公室)副主任。1974 年毕业于象山县珠溪中学,1976 年应征入伍,1978 年加入中国共产党,历任排长,团政治处组织股干事股长,师教导队政治教导员,集团军政治部组织处副处长、处长,军分区政治部主任,军区政治部政研室研究员,组织部副部长,总政治部 31 基地广播中心政委,2000 年左右晋升大校军衔。后转业到地方工作,任浙江省委台湾工作办公室(省政府台湾事务办公室)副主任。陈正仁入伍后,早期在陆军第三师炮兵团火箭炮营一连,历任战士、副班长、连部文书、班长,曾被评为"炮兵一级技术能手",所带的四班荣立集体三等功,作为业余报道员撰写的稿件在《解放军报》上发表,文武两方面的表现均较为优异,1979 年由士兵直接提升为军官。

　　陈正仁从军三十余年,主要从事政治机关组织工作。提任排长不久,即调入团政治处组织股。1982 年进入陆军第一军(后整编为第一集团军)政治部,先后任组织干事、集团军党委秘书、副处长、处长,其间两次下基层任职锻炼,赴任坦克第三十八团政治处组织股股长、坦克第十师教导队政治教导员;1984 年考入解放军南京政治学院,脱产学习两年。在

集团军机关工作期间,共同经历政治考验,认真承办党委工作,自觉搞好蹲点指导,积极遂行大项任务,总结推广典型经验,重视规范组织工作,特别是筹划组织集团军党委各类重要会议,组织开展讲学习、讲政治、讲正气"三讲"教育活动,总结宣扬硬骨头六连、献身国防的好连长姜从友等先进典型,调查撰写党委建设、基层组织建设、培养军地两用人才、推行连队事务公开等在全军有重要影响的经验材料,全程参与成功系列演习以及太湖流域、长江九江地区抗洪抢险等大项任务,较好发挥了组织部门的职能作用。组织处被评为集团军机关先进处,个人两次荣立三等功。编写的《组织工作指南》,对改进与规范组织工作发挥了导向作用。汇集的《全心全意依靠广大官兵建设基层》,系统梳理了基层民主建设的传承和创新成果。主编的《大江横流显本色》,生动记载了部队抗洪抢险的情景与风采。

2006年,陈正仁在浙江省衢州军分区工作,担任军分区党委常委、政治部主任,兼任衢州市政协常委。在短暂的时间内,关注当地经济社会发展状况,了解掌握军分区建设和民兵预备役工作的特点要求,提出了不少建设性的意见。是年底,调入南京军区政治部政研室,主要承担军区《政工简报》《政工情况反映》编审,东南系列演习政工导调等任务。2002年12月到军区政治部组织部工作,分管组织处、青年处,参与党委中心工作,组织指导全区部队基层建设、共青团建设、军事训练和作战中的政治工作。其间,负责起草《军区部队基层建设三年规划》,研究编发《按纲施训政治工作指导手册》《应急作战政治工作指导手册》,牵头调查"南京路上好八连"命名四十周年经验材料,具体负责军区部队赴淮河流域抗洪抢险中的政治工作,参与渡海登岛作战演练以及不同类型的旅团作战能力的综合考评,不仅顺利完成了任务,而且思想性、指导性强,受到好评。

2005年,陈正仁提任为解放军总政治部31基地广播中心政治委员,并任广播中心党委书记,主持党委日常工作,全面负责政治工作。

按照把好方向、统好班子、用好干部、抓好基层的要求,在统一思想、团结协调,改革创新、稳定发展,干部培养、队伍建设等方面,做了大量基础性、前瞻性、暖人心的工作,促进了部队凝聚力、战斗力的提升和规范化建设。转业以后,陈正仁进入浙江省委、省政府机关从事对台工作,履行组织、指导、协调,管理全省对台工作的职责,其工作开启了新的篇章。

摘自:《最美象山人》

# 陈 栻

　　陈栻,又名陈志,1938 年出生于黄避岙。原中国中钢集团设备公司高级工程师、中国机械工业标准化协会常务委员、中国标协冶金标准化协会机电学会组常务委员、北京市金属学会自动化分会委员。

　　1954 年毕业于象山初级中学,1957 年高中毕业于舟山定海中学,同年考入江苏省南京工学院(现为东南大学)机械工程一系学习。1962 年毕业后分配到北京冶金工业部钢铁研究总院十二室工作,1973 年冶金工业部自动化研究院成立时转至仪表研究室。1978 年授予工程师职称。1986 年调入冶金工业部机械动力学科技处工作,1987 年被聘为高级工程师。1989 年底转至机电制造管理处。1994 年机构改革时转入中国冶金设备总公司(现为中国中钢集团设备公司)。

　　陈栻长期从事冶金科研工作,多次参与和主持相关科研课题,取得许多成果。"全自动膨胀仪"是他参与负责研究的重要课题。这一课题主要研制用于测试金属材料热膨胀系数和热相变点参数的仪器。从电子管到晶体管再到第三代的研发,他全程参与,并具体承担机械结构设计和温度程序控制机械装置。研制成功投入长沙仪器厂生产后,还驻厂指导,不断改进相关工艺,大大提高了我国金属材料研究水平。该研究成果获 1978 年"全国科技大会"科技进步奖。他成功研制了"小模数精密滚齿机",解决了车间高精度小模数齿轮加工难题;在参加首钢自动化会战中,成功研制了"中子水份测定控制装置",大大提高了烧结矿的成品率;成功研制了"真空熔融气相色谱仪",提高了我国金属中氢、氧、氮微量气体分析水平;成功研制的"比色高温计""双光束原子吸收分光光度计""真空脉冲快速定氢仪""转炉煤气取样分析装置"和"羰基镍分析报警仪"等十余项科研项目均获得冶金工业部科技成果进步奖。在进行科研工作的同时,也从事我国冶金机械行业科技、质量、标准和企业的行业归口管理工作,组织制定了百余项冶金机电产品标准,负责做好对冶金工业部所属的十六家冶金机电厂及各钢铁企业的机械厂、动力厂的科技成果鉴定,国家和冶金部优质产品评定,质量管理奖,企业上等级,等等。1991 年为提高我国钢铁工业自动化管理水平,参与了考察日本钢铁厂计算机管理系统的考学活动。在中国冶金设备总公司的工作中,主持了国务院重大科技项目国产化、冶金系统国产化项目的研究,并如期完成研究任务。负责"广州薄板坯连铸连轧生产线"建设,建成了年产三十万吨冷轧薄钢板广州钢厂一期项目。为我国钢铁厂后来络绎建设的多条薄钢板连铸连轧生产线打下基础,做出了贡献。

退休后继续返聘,并为总公司贯彻 GB/T19001 质量管理体系,获得认证;在招标办公室工作中,从事冶金系统国内招标体系建设,先后帮助完成青岛钢厂、酒泉钢厂、昆明钢厂、武汉钢厂等企业生产线上国家工程项目机电设备产品的国内招标工作。

摘自:《最美象山人》

# 林　晓

　　林晓(1894—1978),字觉辰,号式桃,大林村人。1921 年 7 月毕业于北京大学物理系,历任武汉大学、北京大学、中山大学师范学院、山西大学工学院、西北联合大学讲师、教授及杭州高级中学校长兼教务主任。曾赴日本考察。

　　1941 年 6 月脱离教育界,赴四川乐山宜宾二造纸厂担任副经理兼总务处长。中华人民共和国成立后,任宜宾六〇二纸厂副厂长并被选为宜宾市人民委员会委员。1956 年 11 月,调天津筹办造纸学院。两年后任北京轻工学院物理教授及教研室主任。1926 年冬,谋助蔡元培、马叙伦由象山避难至福建,因任慈溪县县长。1947 年 10 月被荐为国大代表候选人,坚辞不就。工诗词,临终犹赋:"与国同呼吸,祖国日繁昌。"著有《大学物理学讲义》《东游随笔》等书。

　　　　　　　　　　　　　　　　　　资料提供:张明俊

# 林亚光

　　林亚光,字彦伯,又名易宣亨,1934 年生,黄避岙乡大林村人,中共党员。1951 年考入四川大学外文系英国语言文学专业。1956 年毕业于四川外语学院,后留校任教至今,其间曾随苏联专家进修俄罗斯苏联文学。历任讲师、副教授,现任四川外语学院教授,兼任中国新闻学院进修二部特聘教授、四川省教授副教授评审委员会属外国语言文学学科评议组成员、重庆作家协会副主席、重庆文学学会副会长、中国国际报告文学研究会重庆分会会长、全国高校外国文学教学研究会理事、四川省翻译工作者协会常务理事、重庆市政协委员。1990 年被选为沙坪坝区人民代表。

　　长期从事文艺评论,致力于外国文学和中外文化研究。先后为校内外高年级本科生和研究生开设"文学概论""毛泽东文艺思想概论""俄罗斯苏维埃文学史""外国文学""外国当代文学""文艺评论和实践"和"易经文化理论与实践"等课程。历年来出版专著五部,编著合著十二部。

　　发表论文约两百篇。近几年的写作和科研成果,先后获市、省、国家奖达二十八次。主要专著论文有:《简明外国文学史》(1984 年分别获四川省、重庆市首届哲学社会优秀科研成果二等奖)、《世界文学著名故事集》、《〈少年维特之烦恼〉鉴赏》、《论超实主义创作方法和作品》(1988 年获重庆优秀社科成果二等奖)、《外国文学和西方六大文化心理》、《〈花工〉的出格和出格的〈花工〉评论》(获 1988 年四川省作协优秀作品奖)、《中国抗日战争时期大后方文学书系·外国人士作品》、报告文学《玛丽-若瑟的选择》(1985年获全国优秀报告文学奖)和杂文《阿Q真的阔了起来》(1988年获人民日报"风华杂文征文"二等奖)等。

鉴于林亚光在教学上的贡献及在创作和科研上的成就,1989年,国家教委、人事部、全国教育工会授予其"全国优秀教师"奖章和证书。1990年国家教委授予林亚光"国家级优秀教师教学成果奖",四川省人民政府授予其全省教学成果一等奖。1987年四川省科委、省人事局根据省委、省政府决定,为表彰其对发展社会科学做出的重大贡献,专门颁发"关于给林亚光同志升级奖励的决定"。1989年,获中华人民共和国成立四十周年重庆市文学奖。

资料提供:张明俊

# 林亚美

　　林亚美,女,1931 年生,黄避岙乡大林村人,中共党员。1949 年 9
月考入大连医学院医疗系,五年制本科。1954 年毕业后,担任旅大市
中苏友谊医院医师,1974 年调武汉市一医院耳鼻喉科工作至今,历任
医师、主治医师、副主任医师、主任医师。其间于 1958 至 1959 年在北
京全国耳鼻喉科医师进修提高班结业,1961 至 1963 年在辽宁中医学
院西学中班第三期结业。曾兼任中华医学会湖北省及武汉市耳鼻喉科
学会委员及秘书、武汉市卫生系统科学研究学术委员会组员、武汉市残
疾人福利基金康复中心技术顾问。国内首批加入中国中西医结合科学
研究会的医师,系中华医学会会员。现已退休。

　　具有三十多年耳鼻喉科疾病的医疗和教学经验,尤对鼻科、喉科的
疾病有丰富的临床实践经验。对中西医结合治疗"声嘶"进行课题研
究,与人合作研究中药治疗咽喉炎——清咽利喉片,由药厂生产供临床
应用。参与编写《艺术嗓音医学基础》一书,已出版发行;撰写的论文主
要有《喉喑的机理与中西医结合治疗》(获武汉市 1980 年论文评定二等
奖)、《喉疤痕狭窄的喉整形术》、《液氮低温冷冻治疗慢性增生性咽炎
135 例分析》(附治疗前后病理切片显微镜对照)、《前鼻孔成形术研
究》、《环勺关节炎的勺状软骨拨动术》、《中西医结合治疗出血性声带息
肉》和《中西医分组治疗风热喉痹》等二十余篇,除两篇刊在全国或省级
医学杂志外,其余均在全国及省级耳鼻喉科学术会议上宣读。

资料提供:张明俊

# 周　峰

　　周峰,1967 年 10 月出生于黄避岙乡周家村。毕业于黄避岙乡初中,后考入象山中学。1985 年考入浙江师范大学物理系,毕业后入北京师范大学低能物理研究所加速器专业攻读硕士学位。1992 年获理学硕士学位。嗣后,在中科院高能物理研究所做正负电子对撞机储存环的束流阻抗研究工作。1997 年获中科院加速器专业理学博士学位。其间,多次应邀赴国际学术讨论会做研究成果介绍。1998 年赴德国汉堡同步辐射中心做博士后研究,具体负责高亮度注入器等国际前沿课题研究工作。1999 年应邀赴瑞士日内瓦西欧核子中心负责下一代直线对撞机试验装置注入器的设计研究工作,该设计成果得到专家们的高度评价,2002 年已进入建造阶段。2000 年在美国加州大学,负责高亮度注入器和新型加速器原理等前沿课题的研究。2002 年 6 月,应邀赴欧洲在加速器会议上做报告。2002 年为美国加州大学洛杉矶分校研究所科学家代表加州大学在国家实验室做合作研究。现在美国斯坦福基础研究室工作。

　　2007 年 2 月应邀来北京做学术报告。近十年来经常赴日本、德国、瑞士等国做学术报告,随时出席国际学术研讨会、学术交流会,会上做口头报告,并在国际权威杂志上发表科学论文六十多篇。

资料提供:张明俊

# 李勤良

李勤良,曾用名:李爱宪。黄避岙乡龙屿村人,出生于1954年9月。1982年,毕业于浙江大学电机工程专业(本科)。1984年,加入中国共产党。1982至2004年7月,在奉化市委工作,先后任奉化市计委副主任,奉化市外资局局长,奉化市开发区党组书记、主任,奉化市政府办公室党组书记、主任,奉化市政府副市长。2004年8月调迁宁波市委工作,相继任宁波市安监局党委副书记、副局长、副厅级巡视员,浙江省安全生产协会副会长、专家组成员。

已发表报刊文章有:《小水电建设投资成本比较》《区域经济发展的固定资产投资管理》《企业"潜亏"透视》《小城镇规划管理待亟加强》《也谈"橙色"GDP》《生产安全事故统计的几个问题》。

资料提供:张明俊

# 张爱琴

张爱琴,女,黄避岙乡龙屿村人,生于 1961 年 6 月,中共党员。1978 年 7 月毕业于象山中学。1993 年 8 月,在职就读中央党校函授学院党政管理专业,三年期满毕业。1997 年 8 月,继读中央党校函授学院经济管理专业,二年半期满毕业。2007 年参加国家行政学院第二十期厅高级公务员培训,学业均为优秀。

她于 1978 年参加工作,任县百货公司团总支书记,次年调入县计划委员会。1984 年又调入县物价局。1990 年 3 月,任物价局副局长、党组成员。1992 年 12 月,任县妇联主任、党组书记。1994 年 3 月,调任东陈乡党委书记、人大主任。1996 年 3 月任县委常委、纪委书记。翌年 9 月调任余姚市委常委、纪委书记。2000 年 12 月,任余姚市委副书记、政法委书记。2003 年 6 月,升任宁波市计生委主任。2005 至 2015 年任宁波市人口和计划生育委员会主任、党组书记。2015 年调任宁波市委宣传部副部长。有多篇论文发表在国家级、省级刊物上。其中《"宁波模式"流动人口计划生育服务管理与实践探索》一文,获中国人口六十年理论文章评选一等奖。

1999 年被评为宁波市优秀纪检监察工作者;2006 年被省人事厅、省人口计生委评为省"十五"人口计生先进工作者;2010 年获"浙江省马寅初人口奖";2011 年 8 月,被国家人力社会资源保障部、国家人口

计生委授予"全国人口和计划生育系统先进工作者"称号,并被选为浙江省第十次党代会代表、浙江省第十一届人代会代表。

资料提供:张明俊

# 胡望真

胡望真,黄避岙乡龙屿村人,生于 1962 年 2 月,中共党员。1982 年 8 月,浙江财政学校财政专业毕业,就职于南庄财税所。同年 12 月,调象山县财税局预算股工作;1984 年 4 月,任预算股股长;1987 年 10 月,任财税局副局长、党组成员;1988 年 1 月至 1989 年 7 月间,在职就读省财政学院财税专业;1989 年 9 月,任象山县财税局局长、党组书记;1995 年 12 月,调任象山县长助理;1997 年 4 月,任象山县副县长(期间在职函授中央党校经济管理专业本科毕业)。2001 年 5 月,调任宁波市财政局副局长、党委委员。2005 年 5 月,任宁波市国资委党委副书记;同年 6 月,任国资委副主任、党委副书记;2011 年 6 月,任国资委副主任、党委副书记、巡视员。2013 年 4 月,任宁波市人防办副主任、党组副书记(正局长级);2013 年 7 月,任宁波市人防办党组书记、副主任;同年 8 月,任宁波市人防办主任、党组书记。2017 年,任宁波市人大常委会财政工作委员会主任。

资料提供:张明俊

# 胡望荣

　　胡望荣,黄避岙乡龙屿村人,生于 1963 年 7 月 4 日,中共党员。1981 年 7 月,毕业于浙江商业学校。2000 年 8 月,中央党校党政专业毕业。商校毕业后,就职于象山茶叶公司,任技术员,后升任公司经理。1992 年 2 月,调任亭溪乡党委书记;同年 6 月,调任爵溪镇镇长,后任镇党委书记;1998 年 2 月,任象山县县委常委,其间援疆工作二年;2000 年 10 月,调任宁波市粮食局副局长;2010 年 4 月,调任宁波市机关事务管理局党委副书记、副局长;2012 年 1 月,调任宁波市残联党组书记、理事长;2015 年 1 月,调任宁波市人民政府副秘书长。

资料提供:张明俊

# 干武东

干武东,黄避岙乡龙屿村人,生于 1966 年 4 月。1985 年 4 月,加入中国共产党,省委党校研究生学历。曾任中共湖州市委常委、组织部部长,兼党校校长、浙江省第十三次党代会代表。现任浙江省教育厅常委副书记。

1984 年师范毕业,在本乡中心校任教,两年后调入象山县实验小学,同时任丹城镇团委副书记。

1988 年 12 月,调任团县委常委、学校部部长、县青少年宫主任;1990 年 3 月,调任象山县委组织部秘书科科长、组织科科长、部务会议成员;1995 年 11 月,调任宁波市委组织部组织处副处长、处长;2005 年 5 月,调任浙江省委组织部调研室副主任、主任,省委党建办副主任,全国非公有制经济组织党建研究专委会副秘书长等职。

长期以来,从事党建组织工作,注重党建组织工作理论及实务研究,曾被聘为全国党建研究会特邀研究员,曾在中组部赴欧专题研修班、浙江省领导干部管理研究班、中欧商学院学习,多次赴美国斯坦福大学、瑞典乌夫萨拉大学、瑞士圣加仑大学、英国伦敦政治经济学院等著名高校交流学习。牵头撰写的《推进人才向基层一线流动问题研究》《提高领导干部法治思维和依法办事能力的实践与思考》《加强网络党建工作,提高运用网络推进党的建设能力研究》等十七个调研课题报告获中组部、全国党建研究会优秀调研成果一等奖。负责编辑出版了《执政党建设的时代命题——提高党的建设科学化水平》《浙江省组织工作创新与实践》《党建创新看浙江》《非公有制企业党建年度报告》《浙江党建研究报告》等书稿。撰写的《开展群众路线教育实践活动的思考》《培养选拔优秀年轻干部的实践探索》《以"党性体检"深化民主评议》等上百篇文章在新华社、《人民日报》、《中国组织人事报》、《党建研究》、《领导科学》、《今日浙江》、《时代先锋》等媒体上发表。

资料提供:张明俊

# 张玉璋

　　张玉璋，黄避岙乡龙屿村人，1928 年农历正月初一日生，中共党员。上海华东师范大学本科毕业。1949 年任象山东港小学校长、上海学联干事。1950 年 10 月，任上海交通大学校办秘书。1956 年学校内迁西安，历任西安交通大学校办秘书、科长、副处长、校档案馆副馆长（正处级）、招生办公室主任、校长办公室主任等职。1986 年被授予副研究馆员。1989 年离休。离休后返聘任交大储蓄所主任，兼任陕西省高教系统档案学会第一届理事会理事长、交大校友总会西安地区分会理事兼秘书长。

　　张玉璋长期在校教务处、校长办公室及档案馆等部门工作，参与政务、管理事务，服务于学校的教育和科研工作，从严执政，一丝不苟。工作中撰写了大量的文书、计划、规划、总结和报告。撰写及主编了《交大规章制度选编》《办公室工作文件汇编》《档案工作文件汇编》及《交大九十周年画册》等多种资料。撰写了《浅谈校（长）办公室在领导决策中的辅佐作用》《公文处理工作的研究》《建立教育档案初探》《西安交大档案工作"七五"后三年发展规划》《贯彻"档案法"促进我校档案工作的加速发展》《解放思想大胆改革努力为社会主义现代化建设培养更多的高质量建设人才》和《更好地贯彻德智体全面考核择优录取的原则》等论文。

资料提供：张明俊

# 张永生

张永生，黄避岙乡龙屿村人，1930 年 3 月 8 日生。浙江师范学院体育系毕业。中共党员。1958年 9 月，调入杭州大学体育系任教，历任教师、系副主任、系党总支书记、校工会主席。1989 年退休。

张永生，1947 年 12 月象山县立初中毕业。考入浙江省立锦堂师范学校，毕业后分配至石浦小学任教，任副校长。1952 年 8 月，调入象山中学任教。1953 年考入浙江师范学院体育系就读深造，学满留校任教。1958 年 9月，调入杭州大学任教。他敬业爱岗，探索创新，在组织成立杭州市高等学校体育协会和杭州市举办全国体育理论培训班等工作中，都付出了心血和汗水。他编写的《关于如何组织体育系学生参加教育实践活动的研究》一文，参与了第一届全国大学生运动会体育论文学术报告会，并入选论文集。

资料提供：张明俊

# 张永烈

张永烈,黄避岙乡龙屿村人,字欢章,1931年农历三月初二生,中共党员。东北大学电机工程系电机专业毕业。曾在哈尔滨工业大学任教八年。1961年调迁福州大学任教。历任讲师、副教授、教授、硕士研究生导师。行政上历任教研室主任、党支部书记、系主任。1995年9月退休。享受国务院政府特殊津贴,并享受省干部二级医疗保健待遇。

在哈尔滨大学任教期间,曾负责"铁道电气化对通讯线的干扰"等科研项目。在福州大学参加多项科研及教研课题,并发表二十余篇科研及教研论文。退休后,返聘任校教育督导组组长及电机系顾问,同时,担任中国电机工程学会理论电工专业委员会第二、三届委员,福建省电机工程学会第四、五、六届常务理事,副理事长,并兼职福建省高校教授、副教授,职称评审委员会电力电工学科评审组组长,福建省科技进步奖评审委员会电工专业组评委。鉴于其学术上的建树和教育上的贡献,相继被评为"福建省先进工作者""福州大学优秀教师",被授予"福建省电机工程学会荣誉会员"称号,并荣获福建省教育委员会特颁的"优秀教育世家"匾。

资料提供:张明俊

# 张永璧

张永璧,黄避岙乡龙屿村人,1944 年农历三月二十七日出生。1959 年马来西亚浜城钟灵中学高中理科毕业,大学先修班两年,学业甚优,直接进入国立马来西亚大学二年级就读。两年后,考获工业荣誉理学士,聘为马大助教兼攻物理有机化学,于1965 年获马来西亚大学有机化学硕士学位。翌年获得美国纽约州布鲁克林理 T 学院奖学金,一年级即荣获该院化工系高分子硕士学位。因成绩优异,再获麻省大学高分子系研究奖学金,攻读博士学位。在世界高分子权威史登教授的指导下,经三年的攻读研究,撰写了《以各种光学仪器来测定高分子黏弹性动态和特征》研究论文,通过答辩,于 1970 年荣获麻省大学高分子博士学位,选聘为英国牛津大学工程科学系超博士,研究课题为"高度排列高分子的力学性能及材料应用",并将科研成果发表在《材料科学文献》上。一年后,重返美国,担任麻省大学化工系超博士,研究"生物高分子动物胶光力学特性"。在短短的一年时间内,先后发表论文七篇。

1973 年夏,应聘任美国纽约州虎克化学公司高分子物理组材料特性分析化学师,从事防火剂和塑胶的相互作用、高分子混合和纤维强化塑胶性能及应用的研究工作。1981 年春,转聘于加利福尼亚州巴登沙那"爱娃力"公司,专门主管压感黏胶和联合机的黏弹性和其他特性的分析工作,并负责电脑材料设计。1984 年,因研究成绩显著,被遴选为该公司唯一的杰出科学家。1993 年获安利公司终身成就奖。拥有五十项专利并多次被邀请至国际高分子学会进行讲座交流。他的事迹载入美国名人录、世界名人录。

资料提供：张明俊

# 张永旋

张永旋,黄避峇乡龙屿村人,1946 年 9 月 25 日生。早年毕业于马来西亚公民小学及钟灵中学高中理科。中学时爱好活动,勤奋肯学,数年内接连考获初级、高级及马来西亚"皇室童子军"(为最高级童子军)。证书上有州长和元首签字。1968 年获国立马来西亚大学化学荣誉理学士。1969 年 9 月在马来西亚吉隆坡化学总部担任实习化验师,1973年获美国皇家化学学会特许化学师。1980 年任英国水利工程师及科学家学会会员。1985 年起,任马来西亚化学学会南马分会会长、全马化学学会理事、英国皇家化学学会高级会员(FRSC)、马来西亚化学学会副主席。1999 至 2007 年,任马来西亚化学局总监,并兼任 BiofatIife有限公司的科学技术董事,成功为公司研发培植室内冬虫夏草。获得的勋爵主要有:马来西亚最高元首 KmnJmn 勋章及槟城州长 DSPN 勋章等。

资料提供:张明俊

# 时代故事

# 村民说事

　　高泥村是渔业养殖大村,因养殖界址、养殖作业等问题产生的摩擦纠纷较多。对此,村班子都会第一时间进行调解处置,做到矛盾不出村。有养殖户反映,临户鱼排有黄鱼发病,且已经传染到周边,出现大片死鱼。要求该养殖户立即对剩余鱼群进行捕杀,村干部立即上排走访,在走访过程中得知如果进行全部捕杀,养殖户将面临巨大损失,多年辛苦付之一炬。村班子立刻进行现场会商,提出邀请渔业部门、技术部门上门进行病害处理和进行鱼苗转移两套解决方案,村干部和渔户经过努力,控制了疫情,减少了养殖户的损失,渔户之间的矛盾也得到了圆满的化解。

　　2016年在北黄隧道施工爆破过程中,高泥村出现涉事农户集体到村里进行反映的情况。村干部立即与乡里沟通,进行现场查看,初步了解房屋损失情况后,对所有受损房屋进行逐一登记,同时会同乡政府召开协调会,要求施工方在第三方鉴定后进行依法赔偿,部分农户由于受损较大,赔偿要求较高。乡、村两级干部组成的调解组建议施工方先行发放达成协议的农户赔偿款项,同时村干部在村里进行政策宣传,对农户晓之以理、动之以情。提出的赔偿公平公正,乡里均给予支持;敲诈动索的,司法所将配合公安机关进行严厉打击。这样就打消了个别住户的认识误区。村干部们不辞劳苦,屡次来回于农户和施工方之间进行调解,磨合双方意见,最终双方达成调解协议。

搜集整理:王赛霞

# 借雨伞

村落刚刚形成的时候,有一老汉,心想趁下雨无活可干,还是去多年没有去过的亲戚家走走,于是向隔壁阿三借了一把伞。回来后看到伞湿淋淋的,把湿伞还给人家不好意思,于是打开伞在家里晾了起来。不料此行被隔壁的阿三看到了,他想,我的伞白天给你撑了一天,回来还要撑着,等我有机会报复你。

有一天,隔壁阿三向老汉借钉鞋(鞋底有齿),说是要去亲戚家,但自己的钉鞋坏了,那老汉二话没说连忙拿出钉鞋给阿三。阿三很高兴,穿上钉鞋就走。回来后,心想我的伞你白天撑了不够,晚上还要用,我也要穿你的钉鞋一夜。阿三穿着钉鞋就睡了,但晚上翻来覆去老是睡不着,第二天掀开被子一看,发现自己盖的棉被被钉鞋蹭得粉碎,于是哭笑不得。

搜集整理:王赛霞

# 西沪讲堂

塔头旺村的讲堂从建村开始就有了,俗话说:"穷人不能穷教育。"当时的讲堂是村里几个姓氏的村民共同筹资建造的。由村里有文化的人来给孩童们进行启蒙教育:认字,识字。讲堂发展至"文化大革命"时被摧毁,后来也一直没有修复。直到前些年才修建了文化礼堂,家风村史馆内设立了西沪讲堂,以传播优秀传统历史文化,弘扬美德。

搜集整理:胡倩洁　王赛霞

# 族邻互助

    过去谢家依山傍海,交通闭塞,要去西面的周家必须翻越西岙坑岭,到南面大斜桥除了要攀登西岙坑岭,还要沿山冈往南走山道,接着上杨家岭头,路长且陡峭。因此村民一直希望开辟一条经过上横山脚的新路,直通杨家岭。但杨氏借故拒绝,族邻常闹龃龉。为了寻找便捷的出路,谢氏颇有心计和耐心,托人说媒,嫁女到杨家,与杨家结为儿女亲家。据说当年谢家的女儿貌美如花。待双方关系融洽后,谢、杨两家共修道路,族邻和睦,一时传为佳话。

搜集整理:胡倩洁　王赛霞

# 建水库

　　谢家村周边山脉矮小,溪流短促,农业灌溉水源不足。1958年的"大跃进"运动,全村男女老少齐上阵,同时开建上横杨夹岙水库、谢家湾塘山水库;1965年又建造前山下沙湾水库。三座水库堤坝长,土石方量大,那时没有机械设备,全靠锄头挖掘,双肩挑抬,人力打夯。连续数年,一到农闲,各队劳力就上工地,甚至过年也不歇工。三座水库建成后,能基本满足内外塘六百多亩水田的灌溉需求。2011年,政府投资全面整修,水库进一步发挥灌溉、休闲等综合功能。

搜集整理:胡倩洁　王赛霞

# 修庙路

　　过去,谢家村背山面海,出入道路不畅。要想富,先修路。20世纪90年代,黄泽公路开通,村民迫切希望改造硬化村内道路,但集体经济十分薄弱。在村干部牵头下,各村各户自愿集资,爱心老板慷慨赞助,政策处理顾全大局,分段分步拓宽主路,建造凉亭,修建公园,延伸步道,村内交通面貌焕然一新。

　　历史上谢家东西村口建有小蔚庙、大蔚庙,以供奉家国英堆、保佑境界的土地公婆等,实乃村民群众传统的精神家园。在修庙扩建中,村里的善男信女纷纷出钱出力,勉力争先。在两庙的功德碑上,镌刻着众多乐助者的名字,成为一道爱心公益的亮丽风景线。

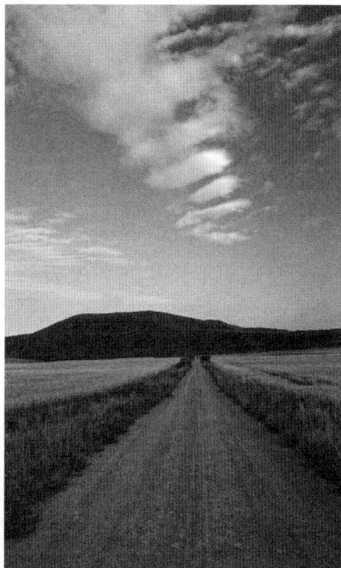

资料来源:谢家村文化长廊

# 山麓双水井

横里山山脉矮小,淡水资源短缺。先民在南麓挖有大水井(西首)、小水井(东首),平时积蓄雨水,供应全村饮水。大水井原井口长约七米,宽约四米,深约四米;小水井口子小,挖得深,遇到大旱时也有细流。

1976 年,横里引接龙屿大井水,后三次改水,2016 年接通全县大管网,饮水问题得以彻底解决。使用自来水后,两老井淤积严重,浑浊发臭。2014 年村里投资七万元,挖掘清淤,以黄泥夯实外围底部,浇铺井面,现在井满水清,仍被村民使用。

资料提供:沈旺武

# 西闸黄连木

横里村原有两棵古树,大枫树生在横里山腰处,下段抱粗,干高十多米,曾是山北象山港的导航参照物,2004年因白蚁蛀蚀而枯死。村西海闸边黄连木,主干外斜,树皮粗皱,上方枝叶繁茂,生机勃勃,显示出强盛的生命力,树牌记录树龄一百五十五年。

时光回到1998年,政府投资修建大麦塘标准海塘,此树正好卡在碶门头,影响新闸建造,工程队打算挖树扩基,村民得知十分不舍。正在纠结中,时任县长路过视察海塘工程,了解村民意愿后,觉得修建海塘与保护古木同样重要,于是一锤定音,斧下留树,这棵黄连木现成为村中最古老的风水宝树。

资料提供:沈旺武

# 村里造会所

2004 年下半年,横里村筹建农民会所(活动中心),规划两层,占地面积六百平方米,预计投资一百多万元。

当时集体经济薄弱,资金缺口较大。村里动员募集,得到积极响应,共有十家爱心单位、三十六位爱心村民参与捐助,累计金额三十二万五千元。泥水包头沈宝林(生于 1954 年)对会所项目特别上心,主动联系设计单位,陪同采购材料,精打细算施工,不要分文报酬。2019 年年初计划新建文化礼堂,他又义务牵头奔波。

资料提供:沈旺武

# 民间文艺

# 文化艺术节

　　据村民张心荣讲述,鸭屿村在他的带领下每年会举办一次文化艺术节,活动内容丰富多彩,男女老少皆可参与,鸭屿村村民的参与率很高。张心荣的初衷是弘扬尊老爱幼的优良传统,反对铺张浪费,促进邻里关系和睦,丰富村民业余生活。小孩们拿起鱼篓背在身上有声有色地演绎故事,老人们自编自演,扮演传统古装戏角色,拉二胡,吹笛子,唱戏,形式各样,场面十分热闹。鸭屿村的文化艺术节在每年的 4 月举行,村民们不会觉得很冷,不用裹着大棉袄,也不会很热,此时正是百花齐放、春暖花开的好季节。

　　当地村民说:"那陶冶我精神的,是每天黄昏时院笆里悠扬的琴声——二胡演奏。""挖土小分队"刚搬来的第一个晚上,我正坐在窗前小憩。突然,一首婉转的二胡独奏曲传到我的耳畔。循着声音望去,院里的台阶上坐着一位年过半百的老人。一把古旧的二胡靠在他的膝头上。他右手操着琴弓，左手熟练地撩拨着琴弦，头部随着弓弦的舞动而颤动着，一串串圆美的音符便从老人颤动的琴弦上滚动出来。众所周知，二胡是我国独有的特色乐器，之所以能流传几千年，就是因为它能表现人们多面化的情感，能表现喜怒哀乐，抒发情感，表达内心世界的惆怅。人是有感情的，音乐旋律的表现就是交流人生的感悟。二胡，那一张马尾弓拉起来真是美极了，旋律悦耳动听，节奏舒缓；节奏快的时候，激情奔放的时候，还能表现万马奔驰在大草原上的情景，真是让人心情愉快，如痴如醉。

"一人一艺"文化礼堂文艺团队的展演不仅营造出浓浓的传统民俗文化氛围，也向观众们弘扬和展示了我县特色文化，贴近现实生活，反映了时代风貌，展现了我县广大农民群众投身美丽象山、创建美好生活的愿望和情怀。

据了解，鸭屿村人才辈出。1957 年就读于杭州大学教育系的张心富和浙江大学化学系的张守鲁也经常回乡参与乡村文化艺术节，和村民们相处得其乐融融。鸭屿村的人才们还组织编写了《海涂经》，获得了省银奖。《海涂经》内记载的都是渔民几辈人得出的致富经验。

资料提供：张心荣

# 山水诗词

## 龙屿八景①

### 龙山蟠曲

走石回沙势蜿蜒,神灵出没在桑田。
身披万籁萧疏雨,角耸孤峰淡漠烟。
蟠地有情回九曲,升天无术卧千年。
悬知待点龙门额,好趁长风起大渊。

### 鹰嘴插天

奇峰突兀似鹰扬,劲羽冲霄触上方。

----

① 张闻哲(1843—1899),一名筱艻,庠名廷耀,号予求,龙屿人。应府、县试屡列前茅,后分心家事弃贡举业。乡里纷争赖其排解。晚年杜门不出,赋诗学画自娱,曾修订《张氏宗谱》,著有《面面楼诗钞》。

一啄风清岚影密,半钩秋露月轮香。
将翔直欲穿云汉,转翮犹疑射夕阳。
挈伴直穷高顶望,大瀛洲在水中央。

## 铜斗溪流

溪绕重山曲径幽,寒泉脉脉一泓浮。
风鸣断岸疑金漏,月照晴沙冷玉钩。
彻底清涵山色好,环空明印石华秋。
尾闾何处流无尽,铜斗崚嶒正砥流。

## 梅花悬屿

挽舟缓渡梅花屿,一片香风透客衣。
雪酿轻寒枝尚冻,风来解愠蕊初肥。
枯藤附处怀新颖,乌鹊栖时闹落晖。
消息传来春意好,早从水际问先机。

## 摹字双岩

壁立双岩势甚强,谁将毛颖写苍茫。
春深雨润行间密,秋老风高笔势芒。
敢是燕然题片石,恍从铜柱勒勋章。
描摩若是真佳境,抱璞何年隐此乡。

## 童仙西坞

童仙西去是何年,遗迹孤踪不可传。
竹坞一丛高士墓,松溪几曲逸民川。
当时曾落缑山鹤,此日长啼蜀水鹃。
巢父不知真隐处,牵牛犹是饮河边。

## 云谷南潭

囊云谷里木森森,龙卧溪潭百尺深。

出岫何时从闪电,兴天有日降甘霖。

炎炎不致田龟坼,郁郁常蒙石触阴。

惠我一方承惠泽,长歌大有到于今。


## 榻板平秀

苒苒沙坡坦坦平,荻花绕岸鸟嘤嘤。

山围四面迎风细,水浸圆洲映月明。

歌听牧樵闲唱和,乐看鹤鹿每游行。

携朋席地如茵软,今古消愁酒一舩。


选自:《云谷清音》

## 剪刀峰等八首[①]

### 剪刀峰

满山石迳本含牙,燕尾冲天一剪斜。

好是女娲补天日,匆匆遗落在山家。

---

①　张明俊,笔名乐山,龙屿人,1950 年 6 月生,中共党员,大专文化。小学高级教师、中华诗词文化研究所研究员、县业余文保员、宁波市民间文学家协会会员、象山缨溪诗社社员、《知音文苑》主编。

## 卓笔峰

大块文章今古同,尤奇卓笔写空空。
寒山古寺烟云外,还有江郎补化工。

## 瀑布泉

千寻白练挂岩边,太乙占来生自天。
信是源头胥活水,拟从尊者坐参禅。

## 展旗峰

不是招摇势亦扬,莲花座侧宝幢张。
时闻钟声空中奏,何处菩提降法航。

## 天柱峰

卓尔苍苍一柱擎,紫垣咫尺可从行。
此君莫是中流砥,喝断洪涛不复生。

## 僧拜石

此地传闻诺巨开,老僧膜拜永相陪。
夜来静看三更月,终古圆光顶上来。

## 龙鼻洞

雾瀹云濛隐怪螭,鼻端高耸势何奇。
从知尊者施神术,伏此之而显所为。

## 五老峰

五峰排列并朝天,吸露餐霞几万年。

笑是彭春刚八百,不应竟道是神仙。

选自:《云谷清音》

## 平桥等十二首①

### 平　桥

路接蓬莱仙境长,溪花倒扑沁余芳。

平平两岸真如画,霞起天台胜石梁。

### 云谷二首

#### (一)

云谷藏将云气深,云容礐硞助清吟。

谩言是处无仙迹,采药人来不易寻。

---

① 张帆,原名张迎春,又名张洋,1968 年 12 月出生于龙屿。现为象山大地广告公司经理、象山县硬笔书法协会理事、安徽省硬笔书法协会会员、象山缨溪诗社社员。其硬笔书法曾多次获得全国大奖,作品曾入选《中国硬笔书法精英大典》《国际硬笔书法博览》等书籍,其声乐及所作歌曲曾多次获得市级以上大奖。本篇"渔家等五首"亦为其作品。

## (二)

谷口谁相访,游云去复还。

莺鸣深树里,春老落花前。

金玉音偏远,盘河句以传。

浮生疑似梦,惭守古遗编。

### 童仙坞

幽境由来不易寻,攀藤附葛度芳浔。

童仙昔日骑鲸去,惹得人间说到今。

### 棋盘径

兀立奇岩纯向前,谁将孤庙建江边。

山开古道名穿鼻,定有金牛到此眠。

### 横　塘

几间茅屋临江边,可读可耕乐似仙。

一带银塘风景好,晚凉闲数钓鱼船。

### 云　坞

童君何日去,仙坞指村西。

烟雨留三径,桃梅夹两堤。

园藏春色富,门拂柳条低。

流水桥边问,云深草色迷。

### 龙屿竹枝词(二首)

#### (一)

峰峦环抱窈而深,三月桃花放满林。

士女由来安质朴，黄韭淡饭却甘心。

（二）

千载流传张氏墟，东西茅屋各安居。

文人虽比农人少，吞里人家半读书。

## 护境寺怀古

寺古无人识，于兹八百年。

山间犹是昔，院宇已非前。

法雨千丝润，昙花遍地妍。

我公曾好佛，云水涤尘缘。

## 摹字双岩

壁立双岩势甚张，谁张椽笔写苍茫。

苔侵更见虫鱼古，花绕时闻翰墨香。

不是燕然铭政迹，却从云峡焕文章。

试看昭谏题东谷，信有仙游过此乡。

## 童仙西坞

童仙羽化已千年，云谷遗踪今尚传。

满岫仙霞迷曲径，一泓丹水绕前川。

昔时远去乘黄鹤，何日归来唤杜鹃。

可爱龙山明月夜，有无人在坞西边。

选自:《云谷清音》

# 过东塔村等五首

## 龙屿五咏（选二）
### 双桥流翠
湖畔村头芳草香，粼粼碧水柳花扬。

双桥斗艳清溪上，景色撩人胜石梁。
### 村口水库
日丽风和湖面平，青山倒映水中清。

山歌低唱浣纱女，惹得鹧鸪相伴鸣。

## 东塔记游
溪绕群山石径斜，野花一路到田家。

鸬鹚引颈鱼虾跃，鲽鳎昂头烟雾遮。

唐代青瓷留胜迹，今朝浅海育奇葩。

探幽觅趣兴无尽，叩向新楼问李瓜。

注：鸬鹚、鲽鳎均为港边小三名。

## 湖头古渡(二首)

### (一)

轻风拂柳绿堤斜,古渡无人野草花。

跃马腾龙何处是,盈盈碧水映平沙。

### (二)

后华山嘴老渔翁,架搭罾棚悬半空。

皆说海鲜看好价,谁知长伴浪烟中。

选自:《云谷清音》

## 故里月夜等三首[①]

### 故里月夜

青纱玉露透珠光,月色满园疑是霜。

桂馥怡人秋夜美,吟诗品茗溢清香。

---

① 张卫平(1957—2012),笔名习文,龙屿人。曾为象山县戏剧协会理事、象山县缨溪诗社社员、龙屿知音艺社社长、《知音文苑》编委。

## 湖畔赏景

滴檐春雨湿亭台,独倚朱栏酒一杯。

放眼野田无白鹭,万顷烟绿却飞来。

## 登龙屿鹰嘴岩

阴雨连绵不见晴,老天难得放清明。

林幽径曲寻奇趣,日丽花香听鸟鸣。

云谷杜鹃红艳艳,龙潭烟雾水盈盈。

鹰峰顶上开怀望,邈邈青山漭漭赢。

资料提供:张明俊

## 渔家等五首

## 渔　家

江上毗邻四五家,浪涛声里宿生涯。

年年盼着渔情好,换作书款寄儿娃。

## 江畔钓翁

管他风浪脚边流，闲似潮头立鹭鸥。
标影沉浮浑不见，翛然独钓一江秋。

## 村溪春暮

一季春痕恍似梦，几多旖旎又匆匆。
残花不倩风欺落，流水怜香细品红。

## 村景小写

青藤曼石桥，涟溪依村绕。
苍苍夏山碧，茫茫野稻黄。
溪岸有人家，素素炊烟袅。
绿荫白墙里，蝉雀噪树梢。
相邻两家妇，窃窃私语聊。
聊极兴酣处，拍膝霍然笑。
笑愕憨头鸭，懵懵侧目瞧。
主人乐何事？费思不得晓。

## 龙屿一景

溪风竹影鹭徘徊，雨过梨花一地白。
昵昵燕翎穿绿树，依依蝶影点青苔。
花虽凋谢蜂犹恋，人到晚年寂寞怀。
莫叹暮春无景色，桃梨蔫了杜鹃开。

选自：《云谷清音》

# 龙屿新八景①

## 龙湖映月

龙溪水冽入湖平,竹影轻摇澹月明。

音乐喷泉霓带舞,长廊史画任君评。

## 绿道健步

蟠曲龙冈草木森,穿林拾级上高岑。

环山健步行千丈,赏景强身两悦心。

## 白砂望桥

竹韵松风宛若琴,白沙滩上有知音。

港桥眺望宜驻足,放眼奉鄞黛色深。

## 摇铃揽胜

欲观全景上摇铃,汗湿高台倚妙亭。

俯视明珠西沪碧,甬舟极目万山青。

---

① 张松根,笔名志远,号三杆逸人,1945年生,龙屿人。现为舟山市诗词学会会员、象山缨溪诗社社员。

### 竹海漾波

临风摇曳舞婆娑,百亩琅玕漾碧波。

四季不凋苍翠叶,虚心劲节万人歌。

### 桃艳蓬山

蓬山斗地果林幽,人面桃花醉客游。

玉露红樱真丽质,瑶池献寿众仙求。

### 古杏并茂

古杏葱茏八百年,相依并茂艳花前。

风霜雨雪同甘苦,春翠秋黄共献妍。

### 双灵仙境

南移寺庙各争雄,缥缈香烟绕梵宫。

无愧神仙居住地,山光水色不相同。

资料提供:张明俊

# 感落英等五首①

## 感落英

东风不恤惜花人,吹落芳华乱作尘。

长恨人间春日短,未曾深识已无痕。

## 晚　操

鬓白身清正,羞趋世俗庸。

良知明善恶,博爱辨奸凶。

囊瘪心充实,家贫志不穷。

恰如江海水,涨落自从容。

## 登龙山公园远眺

拾阶抬步上山岗,石径通幽遍地苍。

大港东流收眼底,危峰高耸隔城乡。

龙溪蟠曲绕村过,云谷瀑飞腾坝扬。

一脉清泉归入海,光明前路道康庄。

---

① 张剑英,字悦野,1934年生,龙屿人。现为中华诗词学会、北京诗词学会会员,象山缨溪诗社、宁波诗社社员。诗文作品编入《中国诗词著作家辞典》等百余部辞书。

### 鹧鸪天龙山春晨

雾溢溪山露未收,晓岚似涌远峰羞。

杜鹃遍野浑如醉,鸣鸟悬萝窥伴啾。

林莽莽,水悠悠,一丘一壑尽风流。

满坡竹笋知多少,采摘新茶岗上头。

### 行香子·甲申回乡抒怀

翠染林箟,水满池塘。小溪畔,古木森苍。村前旷野,庭后山岗。
有桃花红,桔花白,菜花黄。

独步康庄,左右新房。漫抬眸,老宅门墙。悠悠往事,突跃胸膛。
是霎时风,霎时雨,霎时霜。

资料提供:张明俊

# 民间谚语

## "立秋一夜雨"等民谚十九则

1.立秋一夜雨,遍地是黄金。

2.雨打立夏,无处洗耙。

3.春东风,稻无种;夏东风,井里空;秋东风,雨祖公(雨多);冬东风,连底冻。

4.晴午昼(中午),落天凑(方言意为再下一天雨)。

5.上半个月看初一;下半个月看十三。(一般指春季每月的天气变化趋势)

6.天发夜红霞,晒煞老人家。

7.雨打天亮头(早晨),晒煞老黄牛。

8.日晕草头乌(白天月亮周边有晕,多雨),夜晕百草枯(夜向月亮周边有晕,天长晴)。

9.四月八天晴,岩头种菱(预示天要长雨);四月八天落(下雨),岩头起火壳(预示长旱)。

10.珠山(象山东乡名山)戴帽,河底晒燥;珠山(象山东乡名山)雾拦腰,三天内要落(即要下雨)。

11.削麦东风落(方言"落"为下雨,即锄麦季节刮东风,天要下雨);割麦东风盛(方言"盛"意晴天,即割麦季节刮东风,天晴)。

12.早雷勿过昼,落到黄昏后。(早上响雷,不过中午即下雨,下至

晚上)

13.秋雷大作(打雷),大水没屋(方言"没"意为"沉")。

14.六月初一瓦片翘,勤力被懒笑(方言"瓦片翘"意为久旱后要久雨);六月初一嘭声响,棉花剩根梗(意为六月初一打雷,棉花歉收)。

15.九月十二晴,皮鞋老婆嫁给瓦厂人(意为天要晴了,瓦片生意好)。九月十二落(下雨),皮鞋老婆嫁不着(错嫁)。(意为天要下雨了,瓦片生意没有了,皮鞋老女错嫁了)

16.七葱、八荞、九大蒜。(七月种葱,八月种荞,九月种蒜)

17.处暑花麦白露菜。(处暑种花麦,白露种菜)

18.夏旱连秋(立秋),颗粒无收。

19.白露白咪咪,秋风稻头齐;秋风勿弄头,割来喂老牛。

摘自:《甬上风物·黄避岙乡》

## "扁毛除蜻蜓"等谚语四十三则

1.扁毛除蜻蜓,四脚除矮凳(喻胃口好)。

2.只有纸笔通天下,没有拳头压太平。

3.人懒多,牛慢多。

4.树高千丈,叶落归根。

5.外面金窝银窝,勿如自家草窝。

6.百作通,捣白里厢坐过冬。

7.耳听为虚,眼见为实。

8.穷人当族长,有话讲勿响。

9.堂堂衙门八字开,有理无钱莫进来。

10.人头出富贵。

11.分钱逼死英雄汉。

12.六月债,还得快。

13.马善被人骑,人善被人欺。

14.黄狗打相打,晦气秧田遭殃。

15.恶人自有恶人磨,蜈蚣还怕蜒蚰螺(蜗牛)。

16.三只乌龟叮只鳖,勿瘪亦要瘪。

17.勿怕官,独怕管。

18.树老根勿老,人老心勿老。

19.树老根出,人老筋出。

20.天高勿算高,人心节节高。

21.箩里拣花,越拣越花。

22.千拣万拣,拣个漏底饭盏。

23.小洞勿补,大洞叫苦。

24.勿怕勿识货,独怕货比货。

25.打铁无样,边打边相。

26.嘴上无毛,办事勿牢。

27.勿晓得统是草,晓得统是宝。

28.人怕当面,树怕剥皮。

29.西瓜当矮凳,摆来摆去摆勿稳。

30.隔壁捣麻磁,晚饭好甬煮。

31.少吃多滋味,多吃坏肚皮。

32.瓶口好埋,人口难瞒。

33.田稻人家好,子女自家好。

34.好货勿便宜,便宜无好货。

35.带鱼吃肚皮,闲话讲道理。

36.眼不见为净,屙(大便)捣麻糍无没剩。

37.只有借基起屋,没有拆屋还基。

38.好事要做眼面前。

39.狗生狗值钿,猫生猫值钿。

40.爹有娘有,勿如自己怀里有。

41.人情逼如债,镬爿挈勒卖。

42.好汉勿上俩,上俩要掰鳌。

43.人往高处走,水往低处流。

摘自:《甬上风物·黄避岙乡》

## "冬至牛游塘"等谚语四十则

1.冬至牛游塘,邋遢过年光。

2.春雾雨,夏雾火,秋雾风,冬雾雪。

3.秋雷直搁,大水没屋。

4.南风转北,搓绳缚屋。(指台风)

5.云在东,有雨亦勿凶。

6.天起鱼鳞斑,晒谷好甭翻

7.雷雨隔灰堆。

8.春天孩子脸,一日十八变。

9.一日赤膊,三日冻哭。

10.雷打惊蛰前,七七四十九日勿见天。

11.雾高日头低,晒煞老母鸡。

12.冬雪如个宝,春雪似根草。

13.六月勿热,五谷勿结。

14.月上山,潮上滩。

15.冬冷勿算冷,春冷冻死。

16.蚂蚁搬家,有雨明朝。

17.早雷勿过昼。(雨)

18.一日春雷十日雨。

19.雷声绕圈转,有雨勿久远。

20.雷响高山顶,天气要转晴。

21.东风转北,搓绳缚屋。(台风)

22.东北风,雨太公;东转北,要落哭。

23.霜前东风一日好,霜后南风连夜雨。

24.南风勿过更,雨到门头张。

25.正月打南风,快快盖柴篷。

26.回南转西,拆屋还基。(台风)

27.天上钩云云,地上雨淋淋。

28.朝见东边乌,午前必有雨。

29.日落乌云洞,明朝头晒痛。

30.天起横云,必有猛风。

31.日晕三更雨,月晕午时风。

32.东鲎太阳雨鲎雨。

33.黄大山戴帽,海滩头晒烤。

34.五架坳进雾,三日之内天要变。

35.太阳一个晕,雨点无没缝。

36.日日西南风,晒死河底老虾公。

37.勿怕三伏常常旱,独怕立秋廿日旱。

38.九月卅一夜星,蹧田侧角到清明。

39.小满山头雾,大麦小麦要烂糊。

40.雨打四月八,河底刮上刮。



摘自:《甬上风物·黄避岙乡》

</>

# 民歌民曲

## 对花名

三月初三正清明，桃红柳绿百草青；
好山好水好山村，兄弟两人对花名。
什么开花似黄金？什么开花赛白银？
什么开花九莲灯？什么开花黑良心？
菜子开花似黄金，萝卜开花赛白银，
蚕豆开花九莲灯，倭豆开花黑良心。
什么开花满天星？什么开花悬半空？
什么开花碎粉粉？什么开花节节生？
草子开花满天星，天箩开花悬半空，
小麦开花碎粉粉，花生开花节节生。
什么开花戴铁帽？什么开花一蓬毛？

什么开花散淘淘？什么开花节节高？
茄树开花戴铁帽，六谷开花一蓬毛，
高粱开花散淘淘，芝麻开花节节高。
什么开花飞空中？什么开花刺肉红？
什么开花臭烘烘？什么开花香喷喷？
松树开花飞空中，杉树开花刺肉红，
梧桐开花臭烘烘，桂树开花香喷喷。
什么开花百里闻？什么开花满山红？
什么开花闹冲冲？什么开花水底种？
山茶开花百里闻，杜鹃开花满山红，
芙蓉开花闹冲冲，水仙开花水底种。
什么开花一片红？什么开花像金钟？
什么开花白如雪？什么开花一点红？
桃树开花一片红，石榴开花像金钟，
梨树开花白如雪，杨梅开花一点红。
什么开花赛美人？什么开花最难寻？
什么开花香又悲？什么对花代代红？
牡丹开花赛美人，铁树开花最难寻，
腊梅开花香又悲，兄妹对花代代红。
过一山来对一山，一年四季花儿开，
百花开在大地上，万紫千红春常在。

摘自：《甬上风物·黄避岙乡》

## 看新娘

新新娘子新新房，花烛点得亮堂堂，
恩爱夫妻配成双，天上织女配牛郎。

花烛点起红又猛，要看新娘新嫁妆，
红漆笼箱十八只，大厨小厨蹭刮亮，
锡瓶饭盂对打对，又填细糕又填糖。

花烛越点越兴旺，要看新娘新眠床，
印花垫被软胖胖，红绿缎被捂新郎，
鸳鸯枕头五尺长，青纱帐子拖沓床，
绣花窗帘生排须，和合门帘拖地墙。

花烛光头红又红，房里坐着老公公，
头发辫子像白龙，雪白牙须翘耸耸，
走起路来扑扑动，讲讲闲话要漏风。
花烛光头红火火，这边还有老婆婆。
头发好像鸦鹊窠，嘴巴瘪瘪闲活多。
裤脚管筒忘记缚，脚纱散开塌地拖。
花烛光头红乒乓，你看这位大姑娘，
百祥嫁妆都办齐，还差一只夜桶箱。

花烛点得雷猛猛，这里幽个小后生。
两只眼睛偷偷张，张得姑娘惶恐相。
花烛光头赠刮亮，我劝这位大后生，
手上戒指戴得牢，漏落又要跪踏床。

花烛结子啪啪爆，这位阿嫂太会笑，
笑得裤带也断掉，两手偷偷挈裤腰。
花烛结子笑啊笑，笑你这位大阿嫂，
奶脯荡落拄裤腰，手里毛头(吃奶期的小孩)倒头抱。

花烛光头亮悠悠，旁边站着囡笃鬼(小女孩)，
头上扎个羊丫角，嗅嗅还有尿臊臭。
花烛光头红丢丢，轧来钻去小滑头，
两只鼻子拖鼻头，头发好像稻部头(稻根,俗称聪明发)。
抽盅老酒歇一歇，要请新娘房中立，
大家要看仔细看，当心头颈伸脱节。

中国天下十八省，凤冠霞帔十八趟，
前六趟,后六趟,六六顺溜做娘娘，
左三趟,右三趟,大船三只四三塘。(指田畈)
先看新娘是香球，童男童女绣成双，
红绿排须拖肚皮，上面缀满八面光(圆形装饰亮片)。

再看新娘是头上，头发香油滴滴淌，
金花银花金如意(一种形式固定的民间图案,装饰用)，
面须好像金链荡(金链子荡漾)。

新新娘子满身香，三看新娘新衣裳，
五条裤子五件袄，五代见面有福享，
红缎裙子拖脚面，贴身里袋挂在肉胸膛。
天生一副鹅蛋脸，八字眉毛长又尖，
画眉眼睛水上仙，仙人站在眼里边。
鼻头直直像栋梁，生出儿子会拜相，
两只耳朵白又嫩，金打丁香有半斤(即金耳环)，
四看新娘水红菱(鞋花)，红缎花鞋长两寸。
上面绣起五色风，鞋肚里衣香(香料)有半斤。

樱桃小嘴一点红，请你新娘笑一声，
笑一声金子会值一千斤，笑二声金殿上也听明；
笑三声养起大猪一千斤，高楼大屋起三进。

新娘嘴唇闭得紧，仍旧勿肯笑一声，
大家勿要勿相信，嘴巴边黏着带鱼鳞。
花脸嘴巴已讲燥，新娘还是勿肯笑，
奈怪新娘勿肯笑，原来尿急熬勿牢。

摘自：《甬上风物·黄避岙乡》

## 讴情郎

一更里来小才郎，
我讴情郎进奴房，
奴对郎郎对奴，
好比金鸡对咯对凤凰。

二更里来同咯同头眠，
青纱帐子、白铜钩子、中央香球、
龙凤枕头、杭州席子，
困在上面多咯多神仙。

三更里来小妹笑一笑，
小妹私情头咯头一遭，
奴也好、郎也好，
好比小小蜜蜂采咯采仙桃。

四更里来金鸡啼,

我讴情郎早咯早爬起,

打开纱窗松山西山天未明,

格只金鸡丧咯丧良心。

五更里来放大光,

我讴情郎出奴房,

手托门枋、眼泪汪汪,

奴讴情郎几咯几时来?

摘自:《甬上风物·黄避岙乡》

# 宗祠家训

# 林氏宗谱

据祖辈历代相传并参照前《林氏宗谱》记载查证,入迁的大林林氏来自福建省莆田市笏石桂花村方井头。

始祖肱(细九)公系福建林氏"九牧世家""双桂登科"六公蕴之子完公十二世后裔仲著太祖之后。时值宋庆历年间(1042),因宋廷不振,辽兵屡犯中原,且朝中奸佞当道,嫉恨林氏,谎奏其在南防镇州不力,致其仕途失意。忠正不阿的林氏家族恐遭暗算,为避锋芒,仲著太祖遣儿希(细六)、茂(细八)、肱(细九)兄弟三人北上寻阴。三人遵循父命,择日起程,驾舟遨游在东海洋面,因风起浪大,只得把船驶进港湾(今象山港)内避风。一进港内,只见风平浪静,舟渐进至又一个小港湾内(现今自谢家湖头、兵营、龙屿至黄避岙一带的海湾),眺望两岸,山明水秀,景色诱人,可谓世外桃源。遂泊岸缉舟,徒步顺着山径小道走去,抬头望见一个山坳里冒出缕缕炊烟,细想必有人居,上前一问,方知是"何"姓老人(就是现今"何家岙")。经老人指点,三人沿山朝里走,只见一片较开阔的山坳地,四周林木参天,适宜人居。此地正迎合兄弟寻阴的心愿,为照顾小弟肱(细九)令其留下定居,希(细六)、茂(细八)弟兄俩继续翻山越岭,朝着东南方向探觅立足之地,肱(细九)公也随送一程,后在南向的一座岭顶分手。三人约定,各人定居之后,

再在这座岭顶相会,这个岭顶就是现在的"相见岭"。希、茂两公,再往东南方向寻探,最后希(细六)公定居在秧田头(现丹城南门外),茂(细八)公定居在鸡鸣(石浦昌国附近)。后三人不失前约,时在相见岭顶相会叙情。

肱(细九)公定居在大林后,生儿育女,辛勤劳作,先叠筑山垅梯田,垦植养家,日趋繁荣。直至第四代楠公黄赐进士,经精心养育,儿珏(第五代)又黄赐进士,自此林家大有起色,直至第八代义九公育有礼一、礼二、礼三,其中礼二育有文炯、文嚞、文恕三公……此后家族人丁兴旺,大林林氏日益繁盛。

时至大林林氏十三世,文恕公后代德伦公迁居张湾,大林林氏十九世光风公遗孀罗氏携孤元文、元武迁至上、下盐厂,大林林氏二十四世邦恩公、邦弟公迁居象山大塘蒲白墩,其他族人散居各地。

选自:《林氏宗谱》

# 大林"林氏宗祠"

　　大林"林氏宗祠"始建于清乾隆三十二年(1786),由林光岸公(吏部考职)、林光框公(进士)、林朝阳公(举人)三位先祖主持兴建。堂内后山门上设有象山县令林旦公所题"林氏宗祠"的匾额;中堂有浙江参政明州知府林瀚公所题"双桂堂"的匾额;边堂设有翰林院庶居士史鸣皋所题"双桂流芳"的匾额;两厢女间并立有"历久常彩""片石千秋"的赠田碑文;双桂中堂后座安置历代祖宗灵位,前又设置历史"二十四孝子"文屏。在当时,这所祠堂在象山东乡内也是颇有名气的。时至民国三十五年(1946),祠堂做过一次较大规模的兴修,当时由林爱模、林爱英、林善闻、林善保等协同族长林其志主持修建,兴修后,北正门上有林晓公(慈溪县长林觉辰)所题"揖让风还"的匾额,四门并有"露鸟孝瑞""一曲清溪""云影空明"等题。这座富有历史意义的祠堂曾经是乡亲们集庙会、拜祖宗、做戏班的场所,也是奠安乡十四保国民学校。

　　让族人遗憾的是,中华人民共和国成立后由于学校环境需要,"林氏宗祠""双桂堂"的匾额、祖宗灵位及"二十四孝子"文屏都被搬毁,直至2003年,(大林小学虽早已搬迁)因祠堂年久失修,危及一旦,由族人林善月等发起,集资四十余万元,做了全面兴修。2010年重新安置了"林氏宗祠""双桂堂"匾额,且添加了"忠孝有常天地老,故今无数子孙贤"的堂联。祠堂大门也做了更新改造,并建了门亭,加置了"源远流长"的门额,"四周山色耀林宗、满堂桂馨沁后人"的楹联,门亭内园种有两株丹桂,寓意双桂流芳、代代相传。历经二百二十余年的"林氏宗祠"现已焕然一新。

# 林氏祖训十条

一、重德育:父子有亲,骨肉有情,夫妇有爱,朋友有信,无论富贵贫贱,须各有循。

二、正家规:一家之中父子、兄弟和睦相处,有理有节,敬老爱幼,克勤克俭。不放荡无度,不刻薄寡恩。

三、和宗族:宗族为叔伯兄弟所在,贵在亲亲,尊尊,贤贤之意。不以谑浪笑傲、怨词恶语相伤,礼貌待人,敦睦九族。

四、务正业:子弟七龄入学,资质明敏者命习儒业继书香,不然令其农工商贾各守其业。而徒游手好闲,为族之蠹。赌博,行窃犯乱者族之长者当惩之以警。

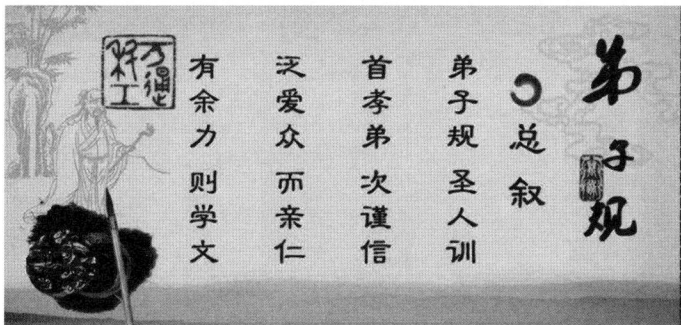

五、谨嫁娶:夫妇为万化之原,嫁娶为人道之大经,不可不慎。嫁女择婿勿索重聘,娶媳求淑女毋计厚奁。嫁娶只求人品诚实,不攀宦家巨族。

六、睦姻里:姻者族之亲,里者族之邻。远则情义相关,近则朝夕相处。往来晋接各尽其情。有喜庆相与贺之,有患难相与慰之。不可恃强凌弱,以众暴寡,挟富欺贫,有失厚道。

七、展祠墓:祠者先人神灵所依,墓者先人藏骸之所,子孙难面先人,唯可见所依所藏之处。故祠祭扫墓乃怀念祖宗之举,须当年年不怠。

八、重谱牒:谱牒所载皆家族祖父名讳、嫁娶坟生卒年月,而追远及本之意实寓于斯。

九、端嗣续:父子祖孙,世代相承。倘有不传,势必以旁支继之,务须昭穆相当,不得任意妄行,或以弟代兄,或以孙弥祖,致伤伦序。

十、循礼法:子孙必须爱国爱家,遵纪守法。不可打架斗殴。如遇斗殴,兄弟叔伯只可劝解,不得参与。

选自:《林氏宗谱》

# 龙屿张氏族规（节选）

敦本莫善于睦族，睦族莫先于尊敬祖宗。祖宗能尊敬，则孝悌之心自然生矣。夫孝悌之心岂仅尽于目前之奉养而已哉？试思为孝子者，当必思祖父之名载于史，笔之于书，以重久远。斯区区之心或可稍安，彼谱之传后，安可勿乎。

父母之世延僧礼忏，集巫叫嚣，道家师纯阳吕不言乎。人之性念于善则属阳明，其性入于清明，此天堂之阶也；念于恶则属阴浊，其性入于昏暗，此地狱之门也。天堂地狱非果有主之者，特由人心化成耳。释家视如来佛不言乎欲知前世因，今生受者是；欲知后世因，今生作者是。以故虔州刺史李舟与妹书：天堂无则已，有则君子登；地狱无则已，有则小人入。汝以亲死而祷浮屠，以亲为善人乎，为恶人乎？宋穆修母死不饭浮屠，不为佛事。马元居丧不为佛事，但诵《孝经》而已，当世贤之。如妇人入庙烧香，例有明禁。乃近日不特男子不能禁止，而且相率前行。市井或不明理甚之绅士，亦纵容其妇以僧为师，以巫为友，男女杂沓，恬不知羞。独不闻杨氏曰：萧齐崇尚佛法，阁内夫娘悉令持戒，麾下将士，咸使诵经。时北则胡后却扇手县猷，南则徐妃荐枕于瑶光。龟兹王纳女于鸠摩罗什，不以为耻。夫娘本美称，后世缘以"夫娘"为恶称。我本朝例禁森严，慎毋致罪坐夫男。又如婚姻为人伦大体，内亲启帘揖见，礼所应然。若外亲不过登堂一贺而已。而里巷有戏妇之俗，乃于稠众之中，亲属之前，问以丑言，责以慢对，以庙见之妇等于倚门之娼，其为鄙俗，不可忍言。里井为之，尚且不可，何至世家子弟亦恶俗若此？凡我子姓，临时当深谨戒，不得以朋辈习俗视为固然。有则改之，无则加勉,莫违祖训。

《颜氏家训》曰,妇人之性率多爱女儿而虐儿妇。女儿日骄,每至夫家,种种恃性,不顺翁姑,不敬丈夫。儿妇为我家嗣续,祭祀中馈之主,偶有失礼之处,亦当婉言教诲,断断不可听信儿女谗言。即于是妯娌之间亦当劝以和睦,不可稍有偏着。尤当密嘱儿子不可以枕上之言致乖手足,家庭自然和睦。

自后祠中如有积羡,凡子孙能中进士者给盘费纹银三十两,中举人、拔贡、优副贡者二十两,岁贡不与。入泮者十两,补授武营外委把总照十两入泮例给发。额外效用不与,至文员补官、武员实授后一体。

子姓缴俸入庠,方期奋勉进取,即时运未到亦可训学度日,不许皆作词讼,出入衙门,欺负平民,武断乡曲。或名位见重当道召议公家事务,要正大光明,排难解纷,不可倚势凌人,计图侵占,至酗酒、打降、纠盟结党、行踪诡秘,所作所为,不遵教训,干纪条令,合族宜指实鸣公究治外,即其谱名铲除,以惩不孝。

嫁娶必择门户相当,未聘之前必得谘访妥当,既聘之后,不得较量仪物妆奁。

自今之后,凡我子姓各宜恪遵视亲遗训。读者读,耕者耕。富贵者毋得以财势骄其亲族,贫贱者亦不必以困苦失其心志,执艺经商,或当勤俭,勉为忠孝,不得自甘下流,以致不齿乡里。

资料提供:张明俊

# 龙屿张氏新增家规

务根本　笃伦常　敦孝悌　隆祭祀
勤治业　俭持家　严责己　正人心
慎言语　遵履行　重师教　好学问
杜暴戾　靖盗原　端风俗　省诉讼

资料提供：张明俊

# 沈氏宗谱

　　横里建村二百五十余年,诸姓合作艰苦创业,邻里和睦,民风淳朴。这与主姓沈氏祖上倡导敦古处世、厚风淳固的慈爱理念密切相关。

　　《沈氏宗谱》记载十则赘言:一是祀先当重,食物洁净,衣冠端正,跪拜虔诚,仪式庄重;二是养亲当诚,父母养育,含辛茹苦,时时铭记,日日回报;三是待兄当爱,手足之情,孝悌立命,上慰父母,下法子孙;四是教子当严,或读或耕,视其子材,知书明理,齐家修身;五是闺门当肃,男女之道,夫唱妇随,忌惮嫌疑,存养正气;六是宗族当爱,族长房长,公断处事,劝阻诉讼,加恤孤寡;七是嫁娶当慎,男婚女嫁,门当户对,重品轻貌,重才轻财;八是职业当敬,士农工商,勤劳为本,一技一艺,足可安身;九是节俭当倡,守成创业,节俭为基,任意挥洒,必遭窘迫;十是扫墓当勤,祖宗坟墓,勤以看守,清明祭扫,追终慎远。

　　　　　　　　　　　　　　　　　资料提供:沈旺武

# 民间技艺

# 竹椅的制作

　　黄避岙乡大林、龙屿等村落,山上盛产毛竹,用毛竹制作成各类家具、日用品,如竹椅、竹床、竹菜橱等。制作竹制品的起始年代无法考证。黄避岙乡有许多优秀的拗竹椅工,他们制作的竹椅具有独特的风格。随着时代的变迁,竹椅的形式和制作工艺有了新的发展。林梦虎就是拗竹椅工中的一个,各村都有他的作品。现在拗竹器工已很少了。竹椅分大、中、小三种型号:大椅高110cm、宽50cm,中椅高85cm、宽40cm,小椅高50cm、宽25cm。

工艺流程:

　　1.选材:以刚砍下来的青竹(竹龄两年以上)为宜,便于拗折,干燥的竹拗折容易断裂。

　　2.刮青:把竹外枝及竹节痕刮平。

3.落料:按大竹椅各部件(椅背、椅腿、椅面)的长度和宽度选取竹子的大小,量材落料。椅脚用粗壮、老结的竹筒来做;椅背要求用韧性好的竹子来做。

4.拗折:竹椅背、椅脚都有拗折处。要在拗折部位锯割掉半边毛竹,剩下的半边用反尖圆凿铲挖掉竹内层,留下竹青层用火焚烧,把握好火势温度和时间。当竹青层烧软时,立即取出拗转,达到竹椅造型要求后,立即用水冷却定型。

5.接搭:把拗折后的椅背、椅腿横竖串档接搭,椅腿四面配上下根横档;椅背配上三根直档,成椅架。然后装上椅面竹簧板。

6.固定:按拼接部位,凿好的小洞用竹梢插入,固定。

7.装饰:通过整体修饰,一把平整、光滑的竹椅就成形了,有的在精背上刻上诗句,有的刻上花鸟,添上油彩,显得更为美观。

摘自:《甬上风物·黄避岙乡》

# 被絮的制作

　　被絮,又称花絮,秋冬睡觉必备的保暖生活用品。起源于上古时代,制作方法代代承袭,制作工艺也随着时代进步不断发展。本地被絮产品制作的起始年代无法考证。新人结婚、老人逝世,习惯上都要做新被絮,因此被絮制作技艺一直传承下来。随着时代的发展,被絮制作的工艺要求、形式、工具都有所变化。

工艺流程:

1. 取材:选取从田(地)里新采摘的棉花。

2. 去籽:用棉花车轧,区分棉花与棉籽。

3. 弹棉花:弹棉花时,制作者腰系吊杆过头,一绳连接前杆头和钟,左手把钟,右手挥动沉重的链柱不停地叩击牛筋制成的钟弦,发出低沉又悦耳的"笃噗笃噗当当"的节奏声,一边有规律地移动步子,不知要叩击几千几万下才能完成,就是冬天也会汗流浃背。

4. 花絮铺设:大小形状及花絮衔接无隙。

5. 绷纱:3 层,每层的线与线相间 1 厘米,先横,后对角,再直。

6. 卧平:手把卧盘,先轻后重,用力均匀(正反面同)。

7. 包边:把露在被絮外的线头理顺包向里边,再上线卧平,即得成品。

材料:棉花、棉纱。

工具:轧棉花车(有脚踏、机动两种)、钟、吊杆、车连柱、卧盘(枫杨树制的特别好)、棚杆、拼板等。

摘自:《甬上风物·黄避岙乡》

# 红豆团的制作

红豆团,因以红豆为馅而得名。它作为早期的供品和春节期间的点心在当地广为流传。具体起始年代无法考证。它是一家团圆,过上红火日子的象征,因此过年吃红豆团成为传统习俗。随着时代变迁,红豆团的制作工艺、用料都有所发展。早期的红豆团择红豆为馅,然后滚珠米,顶部放上红米;现在的红豆团与萝卜团、咸菜团相比,不但滋味有别,而且口感更为细腻润滑,颜色鲜艳。顶部装有红、绿、黄三色珠冠,形态优美。

工艺流程如下:

1. 取材:选用上等糯米。

2. 浸米:将米装进淘箩后放在清水缸里清洗,将杂质浮去,再放在桶里用手压实,过夜(约12小时)。

3. 磨粉:把浸透的糯米磨成粉,以前用石磨磨,现在改用机器轧。

4. 泡粉:用滚水泡粉,边泡边搓揉成圆筒状,然后摘团(速度需快,趁热而成,这里一般不用比例,粉且泡且做,若等到粉冷了,就无法做成团了)。

5. 做壳:大拇指在内,其余四指在外,均匀地边捏边旋转,将粉团捏成空心。

6.上馅:将馅搓圆,放入团壳内,缩四围口边,吻合,摘除粉蒂。

7.滚珠米:把用滚水泡胀的糯米和做成的粉团放入半圆形的竹器里,不停地旋转,珠米(糯米)自然就会均匀地粘在粉团上。

8.上冠米:将滚上珠米的粉团排列在蒸笼里,粉团顶部用手指轻按下成浅窝,先上黄米,再上绿米,最后上红米。

9.蒸制:用猛火蒸到蒸笼顶部热气直冒,滚珠米发亮即可。

摘自:《甬上风物·黄避岙乡》

# 毛笋干的晒制

东乡毛竹出自龙屿,龙屿竹多笋多,笋多却不能一时吃完,自然要想方设法保存。而将鲜笋晒成笋干,不失为一种最佳的传统保存制作方法。其制作历史渊源无法考究。随着时代的发展,制作毛笋干的方法、工具、工艺都有所变化和发展,产品从家庭食用向市场贸易发展。

制笋干看起来工序比较简单,但要制出上乘的笋干,技艺却十分讲究,具体制作过程如下。

1.取材:选取龙屿山上刚露角的鲜笋(尤以黄泥山的笋为最)。

2.清洗:除壳,洗净。

3.烧煮:将笋肉纵劈两半,放入铁镬烧煮,水刚沸即停。半时许取笋。若煮沸的时间稍长一点,则笋太熟,影响质量;若取笋时间慢一些,则笋干的色泽会变黑。烧煮时间过长或过短皆不行,此谓需掌握火候。

4.切片:纵切,每片2毫米许。过厚或过薄均影响口感和风味。

5.晒干:用番巢,在烈阳下晒干,一天之内基本晒干,第二天必须完全晒干。此是制作毛笋干最重要的环节。

6.保存:将毛笋干用早稻草包裹起来;置于谷仓,几年后仍与刚制时无异。

*摘自:《甬上风物·黄避岙乡》*

# 年糕的制作

    年糕是人们喜爱的点心,据传已有两千多年的历史。吃年糕的风俗起源相传有二:(1)大禹治水,浙江一带深受其益,人们每到年关祭"禹王庙"便用年糕作供品,庆丰年,祈盼年成一年更比一年高。(2)年糕是一种点心,人人喜欢,既可炒吃,亦可蒸吃,耐饥。特别是外出备作干粮携带方便,火煨香味尤浓。年糕又是一种供品,谢年供菩萨都有不少寓意,如"年年高,一年更比一年好"。捣年糕的习俗代代相传,历史悠久。日前捣年糕的场面仍很热闹,一家捣年糕,四邻相帮,青壮男劳力捣制,年老者烧火,妇女盖红祭灶君,小孩争着要大人做兔、元宝、龙等喜爱之物,还争着帮大人分糕团(出日年糕),有"隔壁捣年糕,晚饭好甬烧"的民谚为证。

工艺流程:

1.取材:选取优质的粳米和糯米(一升粳米调和一升糯米)。

2.浸米:用水缸盛山泉井水浸米,洗净沥干。

3.磨粉:把涨透的米磨成粉,以前用石磨(多为两人推拉,一人添米),现在用机器轧成粉。

4.搓粉:在米粉中加水,经过翻、搓、揉等手法,使米粉润到一定程度。(过湿过干都不行,技巧要求高,亦是关键一环)

5.蒸制:用木板制成的蒸笼(筒状底部有夹层,上覆锥形蒸衫)盛粉,放入有水的镬(三眼灶中的最大的一口镬)中蒸熟。

6.制作:用捣臼舂捣(现改用机器),先由一人用甩子将熟粉装入舂臼,再由一人在臼中翻粉,几个人用甩子轮流捣,直捣到黏性均匀,表面亮,然后再由一人把年糕团捧到制糕板上(用手掌压扁),盖上红印(长方形木制印章,刻有"福寿"篆体与回龙花边),即成成品。

摘自:《甬上风物·黄避岙乡》

# 蟹浆的腌制

蟹浆,分红钳蟹浆、沙蟹浆、白蟹浆(即梭子蟹)、混合蟹浆等品种。蟹浆起源甚早,为鲜蟹食之有余时,腌制成咸蟹再加工而成,是平民百姓一年四季皆备的"咸下饭",美其名曰"塞饭榔头",既省钱又实惠。它从前是不登大雅之堂的,目前却在高级酒宴上频频亮相,并受到食客和嘉宾们的一致赞誉。蟹浆制作工艺代代传承,源起于何时已无法追溯。

工艺流程:

1. 取材:选取鲜活的钳蟹、梭子蟹等。

2. 清洗:将蟹洗净挖去脐。

3. 盐腌:放在陶瓷器皿中,用食盐舂腌10天许,1斤蟹用3两盐。

4. 磨细:掺入凉开水,用石磨磨细。

5. 加料:调入烧酒、米醋、辣椒、五香粉等佐料。

6. 封存:装入瓷瓶中密封,藏于阴凉通风处,半月后即可启封食用。

摘自:《甬上风物·黄避岙乡》

# 糟鱼的制作

糟鱼,为象山传统名吃之一。据有关史料记载,糟鱼始于宋朝,至今已有千年历史。黄避岙糟鱼制作的起始年代无法考证,随着时代的变迁,糟鱼制作的工具、盛具以及工艺有了新的发展和变化。

工艺流程:

1.清洗:鲜鱼活杀,去腮及内脏,洗净,切成块状。

2.腌制:鱼四面都要有薄盐覆盖,盐腌至隔夜(12个小时以后)。

3.加料:腌鱼放入镬中,加入酒酿(10斤鱼要放1斤米煮成的饭做成的酒酿,白药需自制,不能用甜白药代替),再放入少量的烧酒、姜片、醋、花椒、茴香作佐料。用镬铲搅拌均匀。

4.储藏:将腌鱼有序地装入陶器中密封。开启封盖,可以闻到一股香气,腌制的鱼肉已缩紧,半月后,取之蒸食。

摘自:《甬上风物·黄避岙乡》

# 草鞋的制作

　　草鞋,因利用稻草编织而成名。虽不是像模像样的鞋子,但能用细绳穿过大小纽、前鼻和后跟系起来穿在脚上,且步履舒适随意,是先人的智慧和创意的合成。史载东晋谢安脚踏芒鞋(即草鞋)游山品水,尊为雅士风度,历史悠久。当地穿草鞋的多为农人,旧时,当地经济条件较差,农人上山砍柴,下地干活,脚穿的是清一色草鞋。随着经济的发展,农人生活水平逐渐提高,20世纪80年代中期后,穿草鞋干活人数逐渐减少,取而代之的是胶鞋。现在草鞋已在村中绝迹。

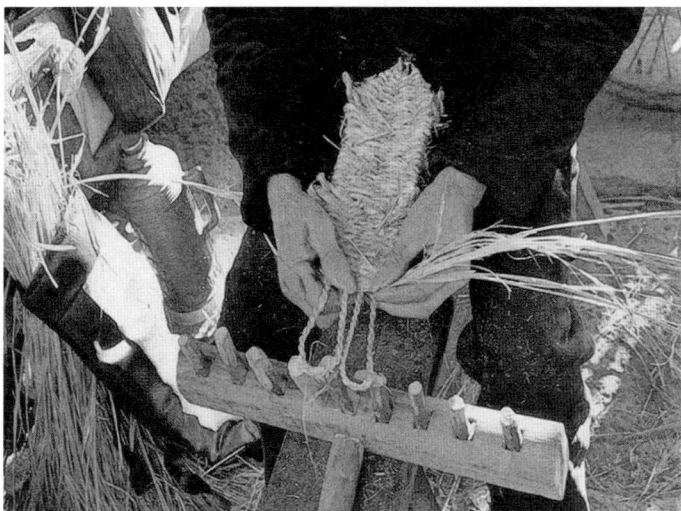

工艺流程:

1.选材:选取优质糯稻草,用木榔头敲软。敲时,每敲一下,草把需滚动一下,从茬开始,将稻草敲至透软。可两人合作,一人敲,一人翻草;亦可一人敲,用双脚翻草。

2.作经:以络麻作经,双股络麻,一手臂向一侧伸平,从中手指尖至胸膛正中,刚好是做成自己的草鞋的长度。用两手搓紧,如筷子一般粗细。

3.上架:上草鞋耙,七齿,中间齿最长。

4.编织:

(1)做前鼻。拦腰系带(络麻也可),双股经折处插上1支筷(既固定又作穿绳孔),另一头经再穿紧绳,用1至2毫米粗络麻缠2厘米。然后分为2股,来回编3厘米,即前鼻做成。

(2)做小组(编至脚掌最宽处)。做成前鼻后,双股经对折,成为4根经,分别套在左右两边的3个齿上。开始用稻草编织,搓成直径约7至8厘米粗细后来回编织,排紧草皮(层缝),将经套在中齿上,双脚顶在草鞋耙上,双手指抽在经中草皮拉紧为止,长约4指,即可用络麻搓绳(直径2至3毫米)做小组,伸出2厘米许,需双小组。

(3)做大组(编至脚眼睛处),编织好小组,将处经往里缩一个齿(即将双经各套在中齿外的两个短齿上),宽度缩小,继续用草索来回编织,排紧索编,长5指大组,将草索搓紧,旋转打结成大组。

(4)做后跟。做好大组,余下部分经都做后跟,将双经各套在中齿旁的一个齿上(宽广再缩),编法同上。做到靠近耙齿处停编,接下去一边用力将编草排紧,至小组、大组、后跟处均需用双手将编索用力拉紧,草鞋才能结实、耐磨。

(5)锁口。待整只草鞋全部排紧,双股经对穿打成羊桩结(此结不会散掉),然后把两股经分别套在大组上,再穿上草鞋带,工序全部完成。

摘自:《甬上风物·黄避岙乡》

# 四脚篮的制作

　　四脚篮是竹篮的一个品种,因其篮底装置四脚而得名。龙屿盛产毛竹,其材质之优及种植面积、数量均属东乡之首,故竹器产品自古营销东乡及县城,颇负盛名。竹篮起源甚早,竹乡人的生活和生产都离不开它,不论是买菜洗衣、上山采摘,还是下地盛物,竹篮都必不可少。随着时代的前进,四脚篮的制作工艺、材料、造型有了较大发展,而且增强了实用性,自清初以来一直为人们所偏爱。

工艺流程：

1.取材：有韧性、直而不弯的毛竹，株重 15 公斤许。

2.劈篾：只取竹青一层，宽度 2 毫米，长度 6 至 7 米。

3.过剑门：使篾的宽度能保持一致（将多余部分削去）。

4.刮篾：做到四周光滑，去除竹青。

5.编制：

(1)盘篮圈。圈竹片宽 2 厘米、厚 5 毫米、长 110 厘米，两头刮薄相同厚度（5 毫米），用钻打孔 3 个，竹钉固定（不能用铁钉，易生锈），净圈直径 32 厘米。

(2)编筋 20 根，宽 8 毫米、厚 2 毫米。用一根篾中折在筋的中部起编。

(3)编织。以一根篾在篮圈间来回编织，至篮圈折回时要折得顺服，根篾编完，用竹片（此为工具）排实排顺。编织中需凭感觉与经验技巧始终保持半球形状。

(4)锁口。篮子中间 4 根筋折服经篮圈倒回穿入经中。

(5)按脚。取竹囊厚点的竹片两条，长 20 厘米、宽 8 厘米，在 13 厘米处用锯锯成两个正方形块。将其余部分削成 2 厘米的厚度，再将两头削成箭状，插入底部隔 4 根筋的两旁筋中，四脚制成。

(6)制篮甩。篮甩篮圈净高 30 厘米，取长篾 2 根（3—6 米），宽 4 毫米、厚 3 毫米，以径圈相同 16 厘米处，两根篾对折各编，至 12 厘米相会，编篾花纹，两边对称。然后用宽 7 毫米、厚 1 毫米的薄篾，在篮甩旁 12 厘米处来回包扎。

摘自：《甬上风物·黄避岙乡》

# 蓑衣的编制

　　蓑衣是旧时农民雨天野外劳动的雨具,起源甚早,从唐柳宗元"孤舟蓑笠翁,独钓寒江雪"的名句,可见蓑衣雨具历来应用广泛。当地的蓑衣与古代画轴和描写中的披圈形蓑衣不同,其原料采自当地棕榈树上的棕毛,采用盔甲式的做法,制作精良,形状美观,功能齐全,有使用方便、久用不损等特点。由于时代的发展和塑料制品的冲击,蓑衣的使用率大大降低。因此,蓑衣制作技艺的传承十分困难。

工艺流程:

1.取材:选用精良棕毛。整块棕毛完好无损,棕丝长35厘米以上。

2.准备:

（1）去除棕板上的外衣（附属层）。一手抓住棕毛，将棕板蘸水，在平石头撒甩，反复蘸水撒甩，直到棕板上的外衣全部脱落。

（2）柚棕毛丝。先用丝把（铁制工具四角形如手指的齿）将棕毛板上的附皮去除，摊于桌面。一手按住棕毛板上部，另一只手将棕毛一根根抽出来，再捆成束，便于使用。

（3）搓绳。手窝夹一束棕毛（便于搓绳时添加），绳头夹在双膝搓绳，绳直径约2毫米。领绳质量要搓得最好，为总棕，全件蓑衣以此展开制作，其余的绳质量要求一般，只要搓得均匀些即可。

3.制作：

（1）制领。技术含量最高，是一件蓑衣质量、形制的成败关键，取上等棕板6张，平放于桌上的棕板裹住领绳，用手捏压成管子状，用拈针固定棕板，再用对针缝约1厘米宽度，此为第二道。接着加垫入棕板1张，以链条结缝制，此为第三道工序。三道工序完成，领宽度为5厘米。再将其条形围成直径18厘米的圆形，则领头制作完成。

（2）制双肩及后片。蓑衣有3层，每层2张棕板，铺棕板有讲究，特别是中间层，一块棕板如一张瓦片，必须一张张铺顺当，不能有皱纹，以防漏水弄湿身子。棕板铺3层。成缀好后同样用拈针密密地缀起来，将棕板连成整体，不能移动，若移动则会变形。然后用槽针挑缝，外层针脚缝得密，里层针脚缝制可疏些。

（3）制小襟。分两块，按上述相似方法制作。也分3层，制作要求与后片同。

（4）连接与订扣。将两块小襟各与后片用对针缝制连接固定。前面两块小襟从领口下方制成辫子状相连。然后在胸脯左右上方各订一只纽扣，便于干活时将前片上提，在肚脐眼上方安装两根短绳，可打绳结，作用同纽扣。

摘自：《甬上风物·黄避岙乡》

# 阳帽的编制

阳帽出现的起始年代无法考证,是农民野外劳动必备的用品,具有遮阳避雨的功能。自古以来,不管天晴下雨还是出门干活,不分年龄大小,人人头上都戴着一顶阳帽。中华人民共和国成立前,龙屿人对传统阳帽的形制与质量进行了改良,把锥形式改为锥形平展式,笠叶上面添盖棕毛,就成了龙屿阳帽。由于龙屿阳帽制作考究,在外人看来几近工艺品。20余年来,蒲帽和雨帽(雨衣连带帽)因价格低廉且使用方便取代了阳帽,戴阳帽的人逐渐减少,能编制阳帽的手艺人目前仅有二三人。

工艺流程:

1.选材:选取龙屿山优质毛竹(直径约10公分,韧性好,竹龄6至8年)。

2.劈篾:去除篾白层,纵劈成扁三角形(竹筒外径大,内壁小,劈之自成扁三角形)。

3.刮篾:用刮刀正反面各刮3次,刮除毛屑,使篾光滑。

4.编织:按阳帽模子(用木板及木头制成)形状先压顶(编织锥形顶部),再平编。阳帽编织分内外两层,外层细腻美观,内层编织眼子较大。然后铺箬叶(防水布之类)、棕毛,最后用两根长篾锁口。

摘自:《甬上风物·黄避岙乡》

# 糯米酒的酿制

　　家酿糯米酒在象山东乡一带颇为流行。

　　相传为古时军队里的"壮胆酒"与"庆功酒",将士们大碗大碗地猛饮不醉。家酿糯米酒的技艺一直延续至今。

　　随着时代发展,酿酒工艺、工具都有所改进。以前,当地背山面海,交通闭塞,物资运输困难,但因人们有喝酒的习惯,就慢慢地学起了自己酿酒。直到如今,村内还有许多老年人自己酿酒,他们将酒缸放在灶间,随时取饮,既喝着开心,又经济实惠,亦有敝帚自珍的意味,绝对是原汁原味,一般饮多也不会伤身体。

摘自:《甬上风物·黄避岙乡》

# 木雕技艺历史沿革

黄避岙乡民间木雕自古就有,其起始年代无法考证,中华人民共和国成立后,乡间的眠床很注重木雕,因此木雕工艺有了普遍发展,随着时代的变迁,目前木雕工艺的种类与技法都有所发展。

工艺流程:

1.选料:木雕选料多以樟木为主,也有以其他木料代替的。根据木料形状测量好尺寸,把料刨光落成方坯。

2.设计草图:把草图或构思描绘在料板上。

3.制坯:根据设计构思要求,量好尺寸,用榔头锤打凿子,粗露轮廓,不能深雕,人物特别要注重面部开样。

4.细凿修铲:在粗坯的基础上,再做仔细的深加工,把握好层次,把面底铲平后逐处整修,如遇人物、花鸟、动物类,要雕出其精神风貌,避免画面死板,自然景物等要注重立体效果。精修主要是用凿,这是木雕工艺中一道最主要的环节,按不同部位,用不同凿子修雕,最后的成品要达到栩栩如生的效果。

5.精雕:整体基本成型后,为使产品更为形象,还需加适当点缀,用三角凿铲修细微部位,如衣纹、花木筋、岩纹、树枝纹等。

6.打砂纸:全部完工后,用略粗的砂布粗打,去掉毛,再用细砂布细磨,但要注意不要磨掉应有的棱角,以防物态变形。

7.上底色:根据画面和物体的不同,在不同部位分别染上不同的色彩,以加强画面形象感和立体感。

8.上漆:掸去灰尘后,通遍刷上优质清漆,干后,经细砂稍加打磨,再上一遍或两遍清漆,最后,待漆彻底干燥后才算完工。

摘自:《甬上风物·黄避岙乡》

# 贝雕工艺历史沿革

　　家乡濒海,盛产野生海贝,其贝壳是贝雕工艺的天然原材料,河塘里养的珍珠蚌,蚌壳也是贝雕工艺品的材料。黄避岙的贝雕工艺起源于何时已难考证,只知道在过去的红木嵌镶中已经采用了用贝壳替代玉骨的作品,在此基础上发展起来的贝雕艺术被制成多种形式的工艺品,形成规模生产。随着时代进步,贝雕的工艺、用材都有所发展。

工艺流程:

　　1. 选材:搜集大量的海贝原材料和珍珠蚌的外壳,经清洗和酸钙类浸泡去污及表皮,显出贝壳的玉色或原色以备用。

2.构思:根据不同的构思,设计好山水、花鸟、动物等不同风格的图案。

3.打粗坯:根据不同贝壳的特点和题材设计样本,量材选用,并加以雕刻修正。

4.切刻、雕刻:像珍珠蚌这种大块贝壳,按设计图案,用钢丝锯分别锯成动物、花鸟、岩景等块状,加以雕刻以供拼接。

5.粘贴:以前用树胶、鱼胶作粘料把原先已备有的各种贝壳零件按设计图案,分别粘贴或堆叠在屏板上组成生动优美的画面,现在在拼贴上为了尽量展现画面景物的立体感,用环氧树脂胶作粘料。

6.添色、上光:有些需添加色彩的再画添色彩,增强其质感。有的则保持贝壳原色,最后用清漆上光。

摘自:《甬上风物·黄避岙乡》

# 贴金技艺历史沿革

贴金工艺自古就有,寺庙中菩萨贴金和家具贴金比比皆是,具体起始年代无法考证,随着时代的变迁,贴金的范图、技艺、工具、材料都有一定的变化。

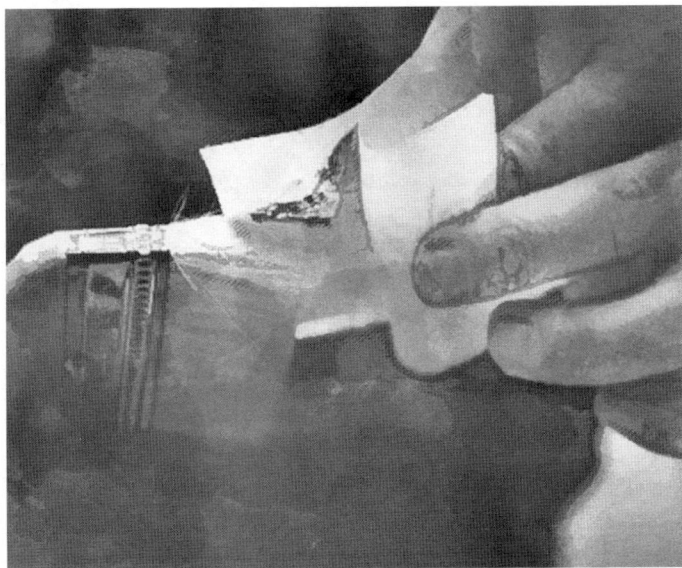

贴金工艺属髹漆工艺的一种,它用的材料是金箔(俗称飞金),这叫贴真金,具体工艺流程如下:

1.先将物器用砂布打光,用腻子修平、磨滑,刷一层贴花清漆或生漆(俗称金胶)。

2.待贴花清漆或生漆似干非干时将金箔(有三寸见方的,也有一寸见方的,反面衬纸)一块一块地贴在刷过清漆的物面上(注意紧密无隙),用手略加抚平,使金箔和底漆紧密黏合。

3.过几分钟后,剥下金箔上的衬纸,再用丝棉全面抚摸一次,检查是否有黏合不实之处,有残破空缺的,用金箔纸补上,待全部完毕,底漆干燥,金箔结实后用金漆全面刷一遍。

4.几天后,金漆干固,整个物面就变得金光锃亮,同样讲究的还有"泥金"工艺,就是将金箔碾成粉末,粘在物器上。最后同样用金漆刷一次。

摘自:《甬上风物·黄避岙乡》

# 箍桶技艺历史沿革

　　过去,不管在城市还是在乡村,家庭日常生活用品中的盛器等都是用箍桶工艺制作的,之后逐步被塑料或金属制品替代,手工箍桶器具已较为少见。

工艺流程:

　　1.选材:一般都采用杉木,因其木质比较松软,且耐腐,少数高档的饰品用樟木或柏树制作。

　　2.落料:据所箍桶类的不同长短、大小量桶落料。

　　3.拼板:初步光料后钻定、拼板,拼板用特殊的木凳推刨,用刨把板料的拼面推平整,因桶都是圆柱状的,有的是底小口大的,上底和下底有不同的斜度,料板又有一定的厚度,表圆大、里圆小,因此推刨的刨铁刃口,也就设置成不同的斜度,根据不同的设计以达到不同的角度,这是箍桶工艺中至关重要的一环。拼缝时还要以竹排捎来固定(金属捎易生锈),这又是箍桶工艺的一项特殊要点。

4.造型:将局部的拼板汇总拼合成圆桶整体,并以专用的圆形样箍子固定好使其不变形。

5.开槽上底板:把上口和底口用刨光刨平,再以圆周齿锯开槽,上好底板。

6.抛光:用里子刨(半圆形)把桶的内圈刨光,再用绕刨(椭圆形)把桶的外圈刨光滑。

7.上箍:用铅丝绕箍(一般上、下两道)敲套固定成形,拼缝和成形要求绝对紧密,做到滴水不漏。

8.配盖:需要配盖的加制桶盖。

9.装饰:特殊的饰品盛器需加少量的木雕装饰点缀。

10.修整:最后检验修整,用木砂打磨抛光。

摘自:《甬上风物·黄避岙乡》

# 石磨的制作技艺历史沿革

　　石器用具(石磨、石磉、石栏杆等)与人们的生活、建筑紧密联系,其制作传统源远流长,起始年代无法考证。在人们生活、生产中,石器应用都较为普遍,随着时代发展,人们的制作工具从纯手工发展到半机械化、机械化。制作的技艺水平大大提高,品种也拓展很快。石器用具品类较多,日用上有石磨、石捣臼等,建筑上有石磉、石栏杆等,其制作工艺基本类同,就是形式不同。这里仅以石磨为例。

　　石磨种类分平磨和凹磨。有大、中、小三种型号(大磨直径约600厘米、厚度50厘米,中磨直径约50厘米、厚度40厘米,小磨直径约30厘米、厚20厘米)。有燥粉磨、水磨、粉磨、豆腐磨、豆粉磨之分。有双人推磨、单人推磨、畜拉石磨等区别。形式和种类繁多。但石磨的结构大同小异,制作工艺流程相对一致。

1. 选材:根据石磨的种类和型号,选择相应的石料,石料要求石质细密、坚硬、无石纹,以青石为佳。然后把石料初步磨平。

2. 构图:按照石磨的种类在石料上画好草图。石磨分上下两页,分别构图。

3. 毛坯:按样图用钢凿开凿毛坯,从里形做到外形。燥粉磨上下页同样大小,水磨和豆腐磨下页要大于上页。

4. 整修:在毛坯基础上整修,使上下两页磨平整能合起来。并在上页磨四周凿好凸起的磨槽(可放加工的粮食,不会掉下),开好磨洞(使粮食可以流入磨心研磨)。下页磨一般不需开槽,但水磨、粉磨和豆腐磨在下页磨的下半部分四周也要开槽,约6厘米(使磨成的流质粉浆和豆腐浆流入槽内,然后流入桶内)。

5. 开齿:在上下两页磨合的面都凿好磨齿(凹形斜纹),使上下能缝合研磨。

6. 精修:用钢锉、铁砂纸、铁砂轮将石磨打磨光滑、平整。一台精美的石磨便制成了。

摘自:《甬上风物·黄避岙乡》

# 麦芽糖的煎制技艺历史沿革

在民间,自古就有用麦芽和番薯煎制成糖的工艺,起始年代无法考证,其技艺至今还在沿用。

工艺流程:

1.浸泡:大麦或小麦经浸泡后,保存在适当温度下并适时浇水,使其发芽。

2.清洗:将番薯(最好是收后存放一段时间,能糖化)洗净,切成片。

3.拌和:将适量麦芽和番薯片拌和,加水经烧后烂熟成糊状。

4.榨汁:将烧烂的麦芽、番薯装进纱布袋,并榨汁。

5.烧煎:将甜汁放进锅里用文火烧煎,到一定程度时取样拉丝,待糖汁浓缩成半液体(可拉丝),熄火。小心固化,否则前功尽弃。这样,煎制就完成了,民间名叫"麦芽成糖"。

摘自:《甬上风物·黄避岙乡》

# 芋艿蘿(梗)的腌制技艺历史沿革

腌制芋艿蘿在黄避岙早就有了,具体起始年代无从考证。随着时代的发展,从腌制芋艿蘿,发展到腌制例笃菜、雪里蕻和芥末,成为农民常年会使用的技艺。

工艺流程:

1. 剥皮:剥去芋艿梗(以白芋梗为好)表皮。

2. 分段:刀切分段(3 至 5 厘米长),洗净,经开水煮泡。

3. 浸泡:再用洁水浸泡,直至水清无色。

4. 加盐:加盐腌制,待三五日。

5. 加卤:滤干后加入指甲卤。

6. 贮藏:放入瓷甏陶器中,存放在阴凉的房室中。将芥菜或雪里蕻洗净,刀切分段,沸水汆泡后盐渍,晾干后,放进陶罐内,并将瓶罐内的菜压挤严实,用纱布封口,然后倒头放置在泥土的地坪上,让泥土散发的湿气可进入陶罐内,这样的菜称“倒笃菜”。此菜口味清凉而鲜美,久不变质。

摘自:《甬上风物·黄避岙乡》

# 杨梅烧酒的制作工艺历史沿革

　　大林村自宋代建村后,山上就出产杨梅。因杨梅又酸又甜,且能消食解暑,为能常年食用,乡亲们就把杨梅用土烧(番薯烧酒)浸泡食用,这样其消食解暑的效果更加明显。随着经济的发展,现在已有杨梅汁、发酵的杨梅果酒、饮料等杨梅制品面世。

工艺流程:

　　1.鲜摘杨梅去蒂,精选洗净。

　　2.用酒精度40％以上的烧酒浸泡杨梅,烧酒的量以能将杨梅盖住并高出一寸许为度。

　　3.加少量白糖(不要使酒过甜),10斤杨梅加3两白糖。

　　4.密封不让酒精蒸发。

5.待十天半月后,杨梅汁被浸出,融于烧酒之中,即可食用。杨梅烧酒久藏不变质,甚至珍藏年代久了,更显其特色。

摘自:《甬上风物·黄避岙乡》

# 指甲花的腌制技艺历史沿革

　　古代夏季较为清凉爽口的农家菜是苋菜梗,自从发现了指甲花(书名凤仙花)的妙用后,便以指甲花代替苋菜梗,且在当地已广泛食用。腌制指甲花的起始年代无法考证。随着时代的变迁,指甲花腌制的工艺有所发展,食用时,加入增味剂,使这一食品更美味。指甲花夏季盛开白花,有七月风仙之称。通过腌制可以食用。

　　工艺流程:

　　1.取材:夏秋交接之季,指甲花成熟,去其花、叶,留取枝梗,切成5厘米左右的段。

　　2.烧煮:将料倒入锅内烧煮(但不能煮得太烂熟,水烧开即可熄火,取出)。

　　3.漂清:用清水漂,泡多次,直至无色无味。

　　4.盐腌:取出后再用盐腌,一般十来天后,即可使用。

　　5.贮藏:它的特点是常年缸藏而不虫蛀,不变质,清凉可口,解暑清肠,食后肠胃舒适。现在不光农家长年食用,而且在饭店里也是名菜。

摘自:《甬上风物·黄避岙乡》

# 麻布的纺织技艺历史沿革

过去,乡间种植苎麻,苎麻以根须繁殖,以麻根衍发成麻园,一年收两三季。用手工纺麻织布是远古的传统工艺,麻衣除牢固外,也透风、凉爽。随着时代的变迁,现代用纺织机械代替了手工纺织,棉花、丝绸、化纤等代替了麻,但有些特殊需要仍然要以麻作为纺织原料。

工艺流程:

1.选料、揉团:用手工剥苎麻,刮刀去皮,晒干,贮藏麻片。加工时浸水,用手指分裂成线,单丝比头发略粗,然后两丝捻合成一丝,手指随时上点灰粉,最后把贮放在箕空篮里的麻线揉成麻团。

2.整线:找一个空旷的场地,按照要织的布的宽度,用专用工具把麻线团整理成布的经线片,刷上浆汁。

3.织布:把整成的经线上机,由人工坐在布机上来回穿梭,织上纬线,成布,然后把织成的布圈在布机上方的滚筒上。

4.染色:给织成的布染上色(麻布一般染常青色)。

5.缝:用麻布缝纫成纱帐或麻布衣衫。

摘自:《甬上风物·黄避岙乡》

# 车木的串编技艺历史沿革

民间很早就有车工工艺,如刀柄、凿柄、算盘珠等都是用木头经车木车成的,具体起始年代无法考证。随着民间工艺的自我发展,用车木车成的各色各样的木珠、小棒等,还可串编成门帘、窗帘、坐垫、购物袋等装饰物件,既美观又实用。

工艺流程:

1.备料:采用横纹木质的树木(如枫树等)备用。

2.分段、切片:用滚动车木锯把木料分段、切片(树片厚薄尺度以木珠设计规格要求为准)。

3.制作:脚踏车珠架机,每人1台备用(前身车架,下设踏脚板,用传动带串联刀架具和踏脚板,以脚踏带动车刀旋转车珠)。

4.制作车刀:按不同珠形制作车刀,一般都是三叉形,中间作珠孔眼定位,两边安装不同珠形的圆弧刀,刀锋开好后随时修磨,保持锋利,在三叉刀后面延伸细长刀柄,以安装在传动轴上。

5.制作刀具:因木珠的品种很多,圆珠有大、中、小各档(直径0.3至1.5厘米大小不等),还有椭圆形的、腰鼓形的、冬瓜形的、小头大尾的塔珠等,按不同的设计要求分类,因此制作刀具也应依珠形而定,即什么样的刀就车成什么样的珠,因此刀具是车珠的关键。

6.车制开始:根据所要车珠的类别,把备用的符合珠长度的圆木板片放在车珠架机边上,随手拿用,启动踏脚,使传动轴带动刀具转动。同时,双手把圆木片对正刀具插进圆片的一半,当一块圆片排列紧密后,把圆片翻面按各圆芯孔插入,两面相对吻合,木珠就纷纷落下。

7.晒干:把车成的木珠晒干(不能曝晒,以免裂开),放进磨光机搅动磨光,备用。

8.染色:根据设计要求,染上不同色彩,晒干备用。

9.串编:按照设计图案样板,用尼龙丝将木珠串编起来,图中设计有动物或其他景物的,串插成形,最后锁好边,装上横担或其他饰边等,一件完整的工艺品(珠帘、坐垫、珠袋等)就完成了,有必要的再用清漆上光。

摘自:《甬上风物·黄避岙乡》

# 补缸技艺历史沿革

过去农家装盛储物的器皿都用陶器缸甏,如水缸、便缸、年糕缸、腌渍盛装的小盛具等,这些东西一旦受损碎裂,丢弃实为可惜,因此大家会采取修补的办法以便继续使用。此补缸技艺的起始时间无法考证,但一直延续至今。随着社会的进步,补缸的技艺、方法和材料都有所改进,但现在民间从事手工土法补缸的不多,已改用环氧树脂修补了。

工艺流程如下:

1. 凿槽:用细巧的小钢凿子,按碎漏的裂缝开孔凿槽,槽缝以裂缝走向为准,裂到哪里便开凿到哪里,然后用水清理。

2. 钢承固定:按槽缝,在适当间距开凿承孔,插上钢承固定。

3. 灌槽:用铁屑调盐卤灌满槽孔,要求紧密、平整。然后用水擦干周边。

4. 敷灰收水:在槽孔铁屑上敷上适量草木灰,以利收水。干固后,器皿即可使用,不再渗漏。

摘自:《甬上风物·黄避岙乡》

# 泥墙的砌制技艺历史沿革

　　起源于何时不详,只知过去还没有砖砌墙的时候,乡间是用黄泥打墙建房的。随着时代的进步,出现砖墙和混凝土墙后,泥墙制作现已基本消失。

工艺流程:

1.填基:先用石头填平墙基。

2.夹墙板:用厚木板做成夹板,按墙身宽厚两面夹住立框。

3.夯土:挑来黏性较强的黄泥土,倒入夹板框内,用专用木柱捣,砸叠结实,然后分段拆移夹板。

4.装顶:如此层层垒高,直至达到建房要求的高度,然后用木结构装顶。叠成的土墙结实不透风,并且两面光滑。

5.粉刷:在泥墙外可刷上不用颜色的涂料或白石灰,使墙体更加美观、清洁。干后粉刷,黏土硬化后,坚实牢固。

*摘自:《甬上风物·黄避岙乡》*

# 石弹路面的铺设技艺历史沿革

在水泥路面、柏油路面出现之前,人们行走的都是泥泞不平的泥沙路,因此石弹路面是相对比较"高档"的路,石弹路面的起始年代无法考证。随着时代的发展,水泥、柏油铺路开始普遍起来,但农村、山区还有石弹路面,城市中的石弹路面仅作锻炼身体、休闲之用了。

工艺流程如下:

1. 清基:先把路基清理压平。

2. 填基:填铺上一层约 10 厘米厚的黏性较强的黄泥(有用山浆树捣烂浸汁拌和黄泥以增强坚固度),接着测好路形,划定路面。

3. 嵌石:压平路面,把鹅卵石排嵌在黏土中,再用木榔头敲平、固定,要紧密,避免留空隙。

4. 装饰:在嵌制过程中,有的用不同形状、色彩的卵石排嵌花纹、图案,以增加美观度。

5.清路:用水清洗,使路面整洁,并透渗到卵石间,以使卵石与基层黏土黏合。

摘自:《甬上风物·黄避岙乡》

# 后　记

　　书稿终于完成了,总是想再精雕细琢一番,或许这只是完美主义者的个性使然。回想整个过程,眼前晃动的是一个个最近往来甚密的身影。战斗在第一线的是实地调研组的魏琳琳、严佳靓、胡倩洁、王赛霞、卿文和徐珍妮,她们踏遍了黄避岙的沟沟坎坎。穆亚君老师、周维琼老师和严晓燕老师也亲自上阵,率领学生,做调研访问,试图再现黄避岙这片热土上曾经扣人心弦的如烟往事。还有在幕后默默工作的文献组成员应艺、沈玉立、胡乔玉、施满丽、朱佳月,他们努力搜集资料和整理材料。

　　我们必须感谢龙屿村的张明俊老师,他提供了有价值的线索和各种资料。还要感谢每一个村庄中帮助过我们的人们。感谢张李平乡长有力的后勤保障和沟通联络,使我们能够在张建庆老师的指导下,在旅游学院及其他各级领导的支持下,完成了这本集子的编撰。当然,最应该感谢的是宁波市文化广电旅游局的领导,没有你们的鼎力支持,要完成这项工作是十分困难的。

　　忽然间,想起了儿时读过的一本小人书。书中提了一个小问题:森林中,谁的力量最大?是野猪吗,是老虎吗,还是棕熊呢?都不是!是团结一致的蚁群。蚂蚁,或许每一个个体的力量,都很渺小,但是,只要团结一致,就是面对一头大象,也可以把它啃成一副骨架。所以,团队的力量最大。

我们旅游学院的这支由教师和学生组成的团队,就像一群奋斗的蚂蚁。只要有了明确的方向,就有迎接挑战的勇气和能力。必胜!

(本书受到宁波城市学院大学生科技创新项目资助)

蒋逸民　张建庆

2019 年 9 月 10 日　于宁波城市学院学府路校区